OLD CHRISTMAS

BY

WASHINGTON IRVING

ILLUSTRATED BY RANDOLPH CALDECOTT

⁂

昔なつかしいクリスマス

ワシントン・アーヴィング　著

ランドルフ・コールデコット　挿絵

齊藤 昇　訳

三元社

CHRISTMAS.

「その古き邸宅の一部は深い影に隠され、また一部は今宵《こよい》の冷たい月光に照らされていた」

オリジナル・タイトル・ページ

ところで、あの昔なつかしいクリスマスのお爺さんは、もういないのだろうか。果たして残っているのは、あの立派な白髪と顎《あご》鬚《ひげ》だけなのだろうか。では、それをいただこうではないか。それ以外、お爺さんの残したものがないというのであれば。

――クリスマスのお爺さんを追う叫び声

序文

本書のワシントン・アーヴィング著『昔なつかしいクリスマス』は、遥《はる》か彼方《かなた》へと過ぎ去った古きよき時代への郷愁を忘却の淵《ふち》に沈めてしまわないために、名匠ランドルフ・コールデコットと彫師として名高いジェイムズ・D・クーパーによって企画・作製された秀逸な作品である。この本を作製する上で、彼らがまず念頭においたことは、いかにしたら紡《つむ》ぎ出された物語の趣《おもむき》を損《そこ》なうことなく、こうした文章の背景にイラストを挿入した合体形式で、この文学の神髄を豊かに表現することができるか、その一事であった。どうやら両者間に緊密な連携が育《はぐく》まれ、そこはかとない愛情が本全体を通して伝わっているようだ。いずれにしても、本書の出来栄えに関しては、読者諸賢のご評価を待つ次第である。

一八七五年一一月

もくじ

第一章　クリスマス……13
第二章　ステージコーチ……31
第三章　クリスマス・イヴ……55
第四章　クリスマス・デイ……93
第五章　クリスマス・ディナー……137
解説……183
訳注……192

Christmas.

⁂

第一章　クリスマス

あの頃はクリスマスの時期ともなれば、
どこの家庭でも見られたものだ。
立派な暖炉にあたって寒さを凌《しの》ぎ、
身分を問わず、すべての人に
ご馳走の肉が供される光景があった。
そこには近隣の人たちも招かれて、
みんな、たいそう手厚くもてなされた。
貧しい身であっても、門前払いなどされることはなかった。
もっとも、この古い帽子が真新しかった頃の話だが。

——古詩

THRE is nothing in England that exercises a more delightful spell over my imagination than the lingerings of the holiday customs and rural games of former times. …

イギリスにおいて、何よりも私の想像力をかき立てて魅了するものと言えば、それは今も残る昔ながらの祭日の習慣と田舎の遊びである。これらのことに接すると、若かりし頃に、よく頭のなかで描いていた空想の世界が甦《よみがえ》ってくる。その頃の私は書物から得た知識に頼るのみで、この世界を詩人たちが描いたものだと信じ込んでいた。そんな風に昔のことをふと思い浮かべていると、純真なあの頃の香りが匂い立ってくるのである。同様に、思い違いかも知れないが、当時の人たちは今よりもずっと素朴で人情味に溢れ、嬉々としていたように思える。しかし残念なことだが、そうした習慣や遊びは日々色褪《あ》せてゆき、時の流れとともに次第に廃《すた》れてゆくものだ。それだけでなく、さらに近頃の流行の影に隠れてすっかり忘れ去られてしまうのである。それはイギリスの各地に散在する優美なゴシック建築*1の一部が時代の荒廃

に吹き曝《さら》されて崩壊したり、あるいは後世の補修や改修によって、本来の姿を喪失してしまうことに酷似している。だが、詩は田舎の遊びや祭日の饗宴《きょうえん》の場面をなつかしみながら、それらにまつわりつき、そこから多くの主題を導き出しているのだ。まるで蔦《つた》がゴシック風のアーチや崩れかけた塔に、その豊かな簇葉《むらは》を飾り付けて、自分を支えてくれた恩返しでもしているかのような風情《ふぜい》である。すなわち、朽《く》ちてゆく廃墟をやさしく抱きしめて、いわば新緑の簇葉で包むことで永久に香気を湛《たた》えようとしているのだ。

しかし、古来より伝わるあらゆる祭礼のなかでも、クリスマスほど強烈な印象を残し、心温まる情景を心に思い浮かばせる祝祭は他にない。そこには一種独特な神聖で厳《おごそ》かな雰囲気が醸《かも》し出され、それが私たちの陽気な気分と溶け合うことで、人の精神は自ずと高みへと導かれ、清らかで崇高な法悦《ほうえつ》の境地に至るのである。クリスマスの頃になると、大聖堂での礼拝は、極めて甘美な旋律に彩られてじつに感動的だ。われわれの信仰の起源についての美しい逸話や、キリスト生誕の際の田園風景が滔々《とうとう》と説かれる。そして待《たい》降節《こう》*2の期間に、その礼拝は信者たちの熱気を浴びながら、次第に哀愁に染まってゆくのである。ついには、人類に平和と善意をもたらすクリスマス当日の朝に至って、無上

の歓喜に包まれた瞬間を迎えるのだ。大聖堂で聖歌隊全員がオルガンの音色《ねいろ》に合わせてクリスマスの讃美歌を歌い、それが誇らしげに聖堂内いっぱいに響きわたるのを聴くとき、これほどまでに音楽の持つ偉大な力が人の道徳感情に顕著な効果を及ぼす瞬間を私は知らない。

この他にも古《いにしえ》の昔から綿々と引き継がれてきた美しい慣習がある。この平和と愛にまつわる宗教の宣布を記念するクリスマスの日ともなれば、家族のみんなが一堂に会する。浮世の苦労、歓喜、悲哀を背負いながら離ればなれになっていた親類縁者が、ふたたび近しく集《つど》うのだ。そして、親もとを離れて広く世の中を彷徨《ほうこう》している子供たちも、いま一度、昔ながらの暖炉を囲む語《かた》らいの場に呼び戻され、温かい家族の絆が感じられる愛に触れながら幼かった頃のなつかしい思い出に浸《ひた》ることで、かつての若さを再び取りもどし、互いに愛《いと》おしみ合うのだ。

この季節そのものにも、クリスマスの祝祭に華を添えるような魅力がある。他の季節では、私たち

は自然が醸《かも》す美しさのなかから大部分の愉楽《ゆらく》を得ることができる。それゆえ私たちは心が高鳴ると、戸外に出て、麗《うら》らかな風景に和《なご》みながら気分を晴らす。そして「野外の至る所で憩《いこ》う」のだ。鳥の囀《さえず》り、小川の囁《ささや》き、生命の息吹く春の香り、やさしい夏の享楽、金色に染まる彩り豊かな秋、新緑に包まれた広大な大地、紺碧《こんぺき》の美しさを湛《たた》え、壮麗な雲を浮かべた蒼穹《そうきゅう》、それらすべてが静けさを漂わせながら、私たちの心を名状し難い歓喜で満たしてくれる。このように、私たちはひたすら贅《ぜい》を尽くした優雅な感覚に浸《ひた》ることができるのだ。しかし、冬が深まると、自然はあらゆる魅力を奪われた姿と化してしまい、辺り一面は雪の白無垢《しろむく》衣装に包まれる。

すると、私たちは転じて道徳的な源泉を求めて満足を得ようとするのである。明媚《めいび》な風光は荒涼として、寒く沈んだ冬の短い陽射しと暗澹《あんたん》とした夜の闇は、戸外での散策の楽しみを妨げ、私たちの感情を心の奥底に閉じ込めてしまい外で遊ぶことなど許さない。そうなると、団欒《だんらん》によって生まれる相互の絆はさらに深まり、そこから楽しみを引き出すことになる。そんななかで、われわれの思索はいっそう深められ、より強く互いの心が繋がって固い絆が育《はぐく》まれるのである。私たちはそれぞれとの交歓によって芽生える楽しさを分かち合い、真心を打ち明けて親しく交《まじ》わるのだ。こうして、お互いの心と心が通じ合うことで、その奥底にある思いやりに満ちた泉から様々な愉楽を汲み上げるのである。そこを訪ねてゆきさえすれば、この泉は家庭の幸福という清き滴《しずく》も分け与えてくれるはずだ。

外は闇に包まれ陰鬱な雰囲気に覆われていたので、暖炉に温かく明るい灯《ともしび》がともった部屋に戻ると、やはり心は緩《ゆる》やかにほどけてゆくものである。燃え盛るその赤い炎が、人工的な夏と太陽の光をつくり出して部屋全体を明るく照らすと、どの顔にも嬉々とした歓待の表情が浮かぶ。誠実なもてなしの心が込められた表情が緩み、ふと心の底か

らのやさしい笑みを零《こぼ》し、はにかむような恋心を秘めた視線が甘美で雄弁な語り口に変わるとなれば、それは冬の暖炉を囲んでゆるりと寛《くつろ》ぐ場に優《まさ》るものはない。やがて、冬の冷たい風が家の玄関に吹き込んできて、遠く向こうのドアを叩いたと思えば、今度は窓を揺らしてガタガタと音を鳴らし、煙突からも吹き下りてくる。そんな折に、居心地のよい部屋で温かい家族団欒《だんらん》の光景に接すると、ありがたくも心安く落ち着いた気分になるものだ。

そもそも、イギリスでは社会の階級を問わず昔からの田舎の慣習が深く根づいているので、彼らは祝祭や国家の祭日を迎えると、いつもの単調な田舎生活からいっとき脱し、愉快に娯楽に興じることを好む。彼らは、とりわけその昔、クリスマスという宗教的かつ社会的な伝統行事を大切に守っていたのだ。だから、この祝祭の日に催される古風で滑稽な芸能の技、バーレスク風の野外劇、あるいは親睦《しんぼく》や享楽に我を忘れて耽《ふけ》ったことなどを、ある好古家《こうこか》が味気ない筆致で詳細に綴《つづ》っているが、それでもそれらを読んでみると心を揺さぶられるような感動を味わうことができる。クリスマスの季節を迎えると、どうやら、どこの家の門も開放され、人々はみんな胸襟《きょうきん》を開いてむつまじく語り合っているようだ。農夫であれ、貴族であれ、あらゆる階級の人々がみんな一緒になって歓喜とやさしい心に満ち溢れた寛大で温かな時間の流れのなかに溶け込むのである。城や荘園領主の邸宅の古めかしい広間*3ではハープが奏でられ、そしてクリスマス・キャロルが流れる。ご馳走がたっぷり盛られた大きな食卓は、その重みで軋《きし》み、音を立てていた。どんなに貧しい農夫の

家であっても、緑豊かな月桂樹と柊《ひいらぎ》を飾り立て、その祝日を迎える。明るい暖炉の灯《ともしび》が格子《こうし》の窓から洩《も》れていた。この灯に誘われて、近くを行き交《か》う人たちも扉の掛け金を外してなかに入るなり、暖炉を囲んで世間話に花を咲かせている仲間に気安く加わるのだ。そして、昔から伝わる滑稽な話や言い古されたクリスマスの話に興じて冬の夜長を過ごすのである。

さて、ここで現代の最も好ましくない洗練された慣習のひとつに言及するが、じつはそれが心温まる昔ながらの祝祭行事に打撃を与えているのだ。そのために、このような生活上の装飾物に漂う深い感動はなくなり、生気に溢れた浮彫り模様もすっかり取り去られてしまったのである。なるほど、今の社会は以前よりいっそう洗練されて円滑な疎通が図られ、艶《つや》っぽい様相を呈

しているが、その表面からは明らかに昔ながらの特色は消え失せている。すなわち、多くのクリスマスの遊戯や儀式がすっかり姿を消してしまい、シェイクスピアの『ヘンリー四世』の話のなかに登場するフォルスタッフのシェリー酒のエピソード*4のように、注釈者たちのあいだで考察や論争の対象となってしまったのである。こうした遊戯や行事が盛んに行なわれていた時代には、なるほど粗野な空気が漂っていたものの、世の中は活気と熱気に満ちており、人々は心から喜びに溢れて存分に人生を謳歌《おうか》していたものだ。その時代はどこか野性味を帯び、しかし優美で華やかでもあった。だからこそ、詩に豊富な素材を提供し、戯曲にも幾多の魅力的な人物や風物を登場させることができたのである。ところが、今の世の中は、ますます世俗的になり、その結果、娯楽は増えたが、悦楽は減ってしまった。愉楽《ゆらく》を堪能できる領域は広がったものの、その流れはより浅くなり、和《なご》やかな家庭生活の根底を心地よく流れていた、あの深くて静かな水脈はなくなってしまったのだ。たしかに社会はいっそう洗練されて優雅な趣《おもむき》が感じられるようになったが、地方色の強い特性や家族的な思いやりや、暖炉における純朴な語《かた》らいと喜びをずいぶん失ってしまったし、古くからの伝統的な美しい習慣や封建社会における歓待の精神、そして王侯貴族のような饗宴《きょうえん》の類《たぐい》もなくなり、それらが盛大に行なわれた貴族の城や豪壮な荘園とともに消え去ってしまった。もっとも、そうしたものは薄闇の大広間や大きな樫《かし》の木に囲まれた回廊、タペストリーを張った豪奢《ごうしゃ》な客間にはふさわしいが、現代のような明るく絢爛《けんらん》たる装飾に彩られた広

間や客室には不向きである。

しかし、このような古式豊かな祝祭的な伝統はなくなったとはいっても、イギリスにおけるクリスマスの祝宴は、今もなお人の心を揺さぶる楽しいひとときであることに変わりはない。あらゆるイギリス人の胸中に家庭的な感情がかき立てられるが、それは何とも力強く、見るからに微笑《ほほえ》ましい光景である。まず、親類縁者や友人たちがふたたび一堂に会し、懇親の準備のために諸事万端が整えられる。そして、敬意の印であり、幾多の厚情を表わす贈り物の交換が行なわれ、平和と歓喜の象徴であるモミの木の枝葉が家や教会に飾られる。こういったことすべてが親睦《しんぼく》を深め、やさしい気持ちを湧き上がらせるのに最も望ましい効果をもたらすのだ。たとえ下手でも、夜更けに聞こえる「ウエイツ」と呼ばれる聖歌隊のクリスマス・キャロル*5は、絶妙な調和を醸《かも》して冬の深夜に響きわたる。だから「人が深い眠りに落ちる」*6静かで厳粛な時刻に目を覚まされても、私は歓喜の気持ちを抱いてそれに耳を傾けた。これは喜ばしい神聖な季節と結びつき、平和と善意を重ねて人々に告げられる天使の合唱ではないかと思えたからだ。

想像力というものはこうした道徳的な影響を受けると、すべてのものを旋律と美へと転じさせるものである。これは何とも喜ばしいことだ。田舎の静まり返った情景のなかで時折聞こえてくる「雌鶏《めんどり》に夜の見張り番を告げる」[*7]雄鶏《おんどり》の鳴き声であっても、一般の人々にとっては、聖なる祝祭の日が近づいていることを知らせる合図なのだ。

「ある人が語るには、
われわれの救い主の降誕祭の時期ともなれば、
夜明けを告げる鳥は夜通し鳴き続け、
亡霊があたりを彷徨《ほうこう》することはない、
しかるに夜はひっそりと静
まり、星の呪いを受けるこ
とはない、
しかも妖精に憑依《ひょうい》され
ることもなく、魔女も
その神通力《じんつうりき》を失う、

それほど聖なる祝福に満ちた時になるというのだ」*8

この時期を迎えると、人々は幸福を訴え、愛《いと》おしくも心を弾《はず》ませる。その真っ只中にいて無感動でいられるはずもない。たしかに、この季節になると、気分が一新され晴れやかになる。そして、ただ広間で親睦《しんぼく》の灯《ともしび》を燃やすだけでなく、人の心にやさしい慈善の灯がともされるのである。

侘《わび》しくも過ぎ去った年月を越えて、若い頃の愛の場面がふたたび年老いた心のなかに生き生きと甦《よみがえ》る。和楽《わらく》の香りに満ちた家族を想う気持ちが、塞ぎ込んだ気分を晴らし、ふたたび生気を与えてくれるのである。それは、さながらアラビアの風が遠方の草原の新鮮な空気を、砂漠を彷徨《ほうこう》する疲れ果てた巡礼者たちに吹き寄せるような趣《おもむき》に似ている。

私はひとりの外国人としてイギリスに逗留している身であるから、社交的な親睦の灯に照らされることもなければ、家の扉が開かれ愛想よく玄関で迎えられるわけでもない。ましてや、友情の証《あかし》である温かい握手で迎えられるはずもない。それでもなお、この季節の感動が周囲の人たちの幸せそうな表情に輝きとなって表われて、それが私の心にも

染みるように深く感じられるのだ。たしかに、幸福は天から光のように注《そそ》がれて反射するものである。だから、どの人の顔にも柔和《にゅうわ》な笑《え》みが広がって輝きを放ち、純真な歓喜に咽《むせ》び、いわば鏡のように永久に輝く崇高な慈愛の光を他の人々にも照り返しているかのようである。親しい仲間の幸福を無視して無作法な態度のままに、周囲の人たちが喜びの最中《さなか》にいるにもかかわらず、ひとり孤独の闇に隠れ、ふてくされた様子で坐して愚痴を零《こぼ》す輩《やから》でも、熱い感激を覚え利己的な満足感に浸《ひた》ることがあるかも知れない。だが、そういう人たちは、およそ楽しいクリスマスの魅力である社交的な温《ぬく》もりを肌で感じることはできないだろう。

The Stage Coach.

⁂

第二章　ステージコーチ

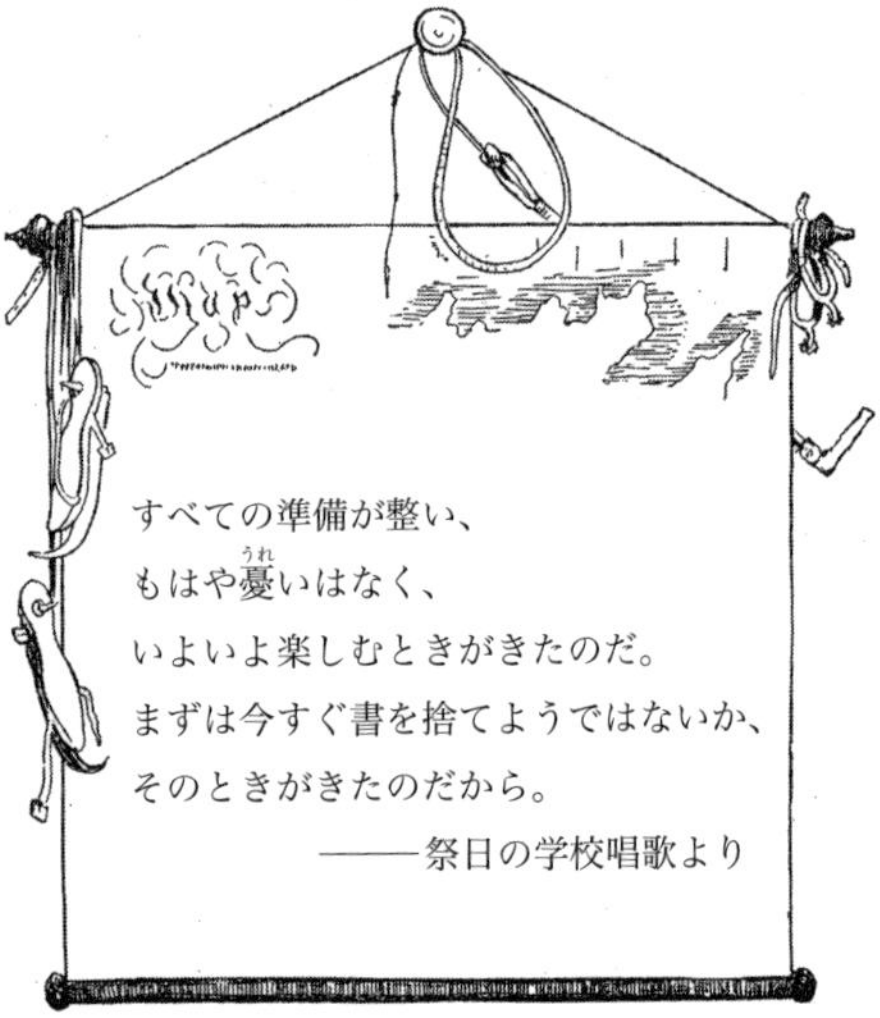
すべての準備が整い、
もはや憂《うれ》いはなく、
いよいよ楽しむときがきたのだ。
まずは今すぐ書を捨てようではないか、
そのときがきたのだから。
——祭日の学校唱歌より

IN the preceding paper I have made some general observations on the Christmas festivities of England, and am tempted to illustrate them by some anecdotes of a Christmas passed in the country…

前の章において、私はイギリスのクリスマスの祭事についての概略を述べさせていただいたので、この章では、かつてこの国の田舎で過ごしたクリスマスの話をいくつか紹介したいと思う。ただし、その際に是非ともお願いしたいことがある。読者の皆様におかれては、これを読むにあたり堅苦しい考えをいったん脇に置いて、愚かしきこともどうか大目に見ていただき、遊び心を持ち込むなどして、ひたすら愉悦に浸《ひた》ってもらいたい。

それはある年の十二月のこ

とであった。クリスマスの前日に、私はステージコーチ（駅馬車）に揺られてヨークシャーへの長旅の途上にいた。ステージコーチは内も外も客で混みあって窮屈であった。彼らの語《かた》らいから察すれば、乗客たちは主に親類縁者や友人たちの家を訪れてクリスマスの晩餐に与《あずか》ろうとしていたようだ。この馬車には狩猟の獲物が入った大籠がいくつも積まれていたし、その他にもご馳走が詰められたバスケットや箱などがあった。そして、

御者台のあたりには長い耳を垂らした野《の》ウサギが吊るされていたが、それはおそらく間近に迫ったクリスマスの宴《うたげ》に供されるために遠方の友人から贈られたものであろう。車中では頬《ほお》をバラ色に美しく輝かせた三人の少年たちと相席になった。私がこの国で接してきた子供たちと同様に、彼らも元気潑剌《はつらつ》として明るく、男の子らしく無邪気にはしゃいでいた。少年たちは故郷でクリスマス休暇を過ごすために帰省の途中であり、これから待ち受ける楽しい出来事を想像しながら彼らなりに思いをめぐらせていた。この小さな腕白小僧たちは書物や鞭や教師といった束縛から解放され、およそ実現する見込みのない大そうな計画や遊びを頭のなかで思い浮かべて、六週間の休暇を気ままに過ごそうと期待に胸を膨らませていたのだ。彼らの話を聞いているだけでも愉快な気分になれた。家族の人たちは言うに及ばず、可愛がっていた犬や猫にも、まもなく会えるという期待に少年たちの胸は高鳴っていたのだ。と同時に、愛《いと》しい妹たちに喜んでもらおうと、ポケットのなかにはプレゼントをそっと忍ばせていたのである。でも、彼らが誰よりも会いたくて仕方がなかったのはバンタムであった。それはポニーと呼ばれる小型の馬であることが分かったが、彼らの話だと、何でもバンタムはブケパロス*9以来の名馬らしい。

速足《はやあし》や駆足はじつに見事で、跳躍力も素晴らしく、近隣のどんな垣根もあっさりと飛び越えてしまうというのだ。

ところで、この少年たちは御者の格別な贔屓《ひいき》に与《あずか》っていた。それもあってか、機会さえあれば、彼らは御者に何やらいろんな質問をぶつけて、この世の中で一番いい人は御者のおじさんだと言うのだ。事実、この御者がいつも以上に忙《せわ》しげに立ち働いて、どこか勿体《もったい》ぶっている様子に、つい視線を向けたくなった。彼は帽子をちょっと斜めに被《かぶ》り、クリスマスを彩る常緑樹の大きな枝葉の束を外套《がいとう》のボタンホールに差していた。ステージコーチの御者はきまってせっせと乗客の身の回りの世話をして仕事もきちんとするものだが、クリスマスの時期ともなれば、さらに多忙を極める。また、クリスマス・プレゼントの交換も盛んな時期なので、いろんな頼まれ事を請け負う場合も多い。そこで、実際に旅をした経験のない読者の皆様にとっては意義のあることだと愚考するので、私としては、こうした重要な職にある多くの人物たちが働いている模様についてスケッチ風に活写し、大まかな様子を述べさせていただきたいと思う。彼らは服装、作法、そして言葉遣いなどにおいても独特の趣《おもむき》を醸《かも》し出しており、そういった特徴は同業者のあいだでは広く知れわたっているので、イギリス人の御者であれば、どこにいても他の職種の連中と間違えられることはまずない。

御者はたいてい福々しく大きな顔をしており、しかも顔面が紅潮して妙な発疹を伴い、いつも食欲が旺盛で血行が良好なのか、皮膚の血管が一本一本拡張しているように見える。また、ひっきりなしにビールを飲んでいるせいか、体が弛《ゆる》んでしまっている上に、外套を重ね着していることもあり、その体型は一段と大きく見える。それは、まるでカリフラワーのなかにでも埋もれてしまったかのような姿で、一番上にま

とった外套《がいとう》の裾《すそ》は踵《かかと》まで届きそうであった。彼はブリムというつばの部分が平らで山の部分が低い帽子を被り、首には染めたハンカチを大きく巻いて、小粋に結んだ端をそのまま胸元にたくし込んでいた。そして、夏になると服のボタンホールに大きめの飾り花が差されるのだが、それはきっと彼に恋焦がれたどこかの田舎のお嬢さんからの贈り物なのだろう。彼のお気に入りのベストは縦縞《たてじま》模様の入った派手な色のもので、短めのズボンは膝《ひざ》までの長さしかなくて、脛《すね》の辺りまで届いている乗馬用の靴にこすれるような恰好になっていた。

こうした衣装は、じつにきちんと手入れが行き届いていた。上等の布地で仕立てられた衣装に身を包むことは、彼のこだわりのひとつでもあったのだ。ほとんどイギリス人固有の性質が反映しているものと思われるが、その服装は一見粗雑に見えるが、そこには凛《りん》とした身だしなみと礼節が窺《うかが》えた。彼は街道筋では相当顔が利《き》く人物らしく、たとえば村の女将《おかみ》さん連中からの信頼も厚く、頼れる人物なので、よく相談にも乗っているようだ。さらに、見目麗《うるわ》しいお嬢さんであれば、どんな女性たちとも気脈を通じていたらしい。さて、馬を代える場所に到着するとすぐに、彼はどこか気取った仕草《しぐさ》で手綱《たづな》を

解いて放り出し、乗ってきた馬を馬丁《ばてい》に渡した。彼の任務は宿場間を馬車で往来するだけなのだ。彼は御者台から降りると、両手を大きな外套のポケットに突っ込んで、さしずめ華々しい王侯貴族といったところだろうか、そんな雰囲気を醸《かも》して旅籠《はたご》の中庭を歩き回るのである。するとたいていは御者を

崇拝するたくさんの人たちに取り巻かれる。すなわち、馬丁《ばてい》、厩番《うまやばん》、靴磨き、その他の名もない浮浪人といった連中だ。こういった取り巻きたちは旅籠《はたご》や酒場に入り浸《びた》って使い走りをしたり、いろんな下働きの仕事をもらったり、あるいは厨房の余り物

や酒場のおこぼれに与《あずか》るなどして糊口《ここう》を凌《しの》いでいるのだ。彼らは御者を神様のように崇《あが》め、その独特の言い回しに至るまで丁寧に真似て覚え込んでいるだけではなく、馬や競馬をめぐる種々の話題についての御者の意見をそのまま鵜呑《うの》みにしていた。とりわけ、懸命に真似ようとするのは、御者の立居振舞《たちいふるま》いである。どんな浮浪者であっても、外套《がいとう》を身にまとっていれば、例の如く両手をポケットに入れ、御者の歩き方を真似たり、特有のスラングを操ったりして新米の御者を装《よそお》うことができるのである。

おそらく私の心が和《なご》やかな気分に満ちていたからであろうが、私にはみんなの表情が陽気で楽しく旅を満喫しているように感じられた。しかし、ステージコーチが迫力を増して疾走《しっそう》すると、いつもきまって辺り一帯が活気に包まれるし、合図の角笛が村の入り口附近で鳴り響けば、村じゅうが騒々しく沸き立つのである。友人を出迎えようと急いでやってくる者もあれば、他方、包みや箱を置いていち早く座席を確保しようとする者もいたが、あまりに急いでいるために見送る人たちと別れの挨拶を交《か》わす余裕すらない者もいた。そのあいだにも、御者はたくさんの細々《こまごま》とした頼まれ事への対応を済ませておかなければならず、ときには特産の野《の》ウサギや雉《きじ》の配達を含めて、小包や新聞を酒場の戸口に放り込んでおくこともある。あるいは、万事承知と言わんばかりの顔つきで意地悪く横目で相手を睨《にら》み、少しばかり恥ずかしそうな素振《そぶ》りをして口元に薄ら笑いを浮かべているメイドに、田舎の恋人からの見慣れない形のラブレターを手渡すのだ。ステージコーチがゴトゴトと音を立てて村の道を走り出すと、誰もが家の窓辺に駆け寄って外を覗《のぞ》き込むものだから、どちらを向いても田舎の人たちの清らかで元気いっぱいの顔や朗らかに笑いかける乙女たちの姿が目に飛び込んでくる。村の辻の至る所では、浮浪者や村の賢人たちがたむろして、そこに陣取ってステージコーチが通り過ぎるのを

眺めるという大事な役目を果たすのである。しかし、とびきり賢い連中となると話は別のようで、彼らはたいてい鍛冶屋《かじや》に集まるのだが、そこをステージコーチが駆け抜けてゆくということは、彼らにとって深い思索の対象ともなる一大事なのだ。鍛冶屋の主人は、馬の踵《かかと》を自分の膝《ひざ》に乗せたままの状態でステージコーチが通り過ぎるのを眺めながら忙しい手を休めるし、鉄砧《てつきぬた》を囲んだキュクロープス[*10]たち、すなわち弟子たちは軽快に打ち鳴らす槌《つち》をしばらく止めて鉄が冷《さ》めるのも厭《いと》わない。また、茶色の帽子を被《かぶ》り煤《すす》に塗《まみ》れた化け物のような風情《ふぜい》の職人は炉内にせっせと風を送っていたが、ちょっとのあいだ、取っ手の柄《え》に凭《もた》れて、まるで喘鳴《ぜんめい》のような音を出す道具に長い溜息をつかせた。そして、彼はと言えば、鍛冶

場の黒ずんだ煙と硫黄《いおう》の光を通して目を輝かせて眺めていたのである。
おそらくクリスマスが明日に迫っていたからであろうが、辺りはいつも以上に賑《にぎ》やかで活気を帯びていた。
そのためか、どの顔も輝き、生

気に満ちているように見えた。辺りの村々では猟の獲物の肉や家禽《かきん》類、その他の珍味が盛んに出回って取引されていたし、食料品店、肉屋、果物屋など、どの店にもお得意さんたちがつめかけて賑わっていた。女房連中と言えば、忙しく駆けずり回り、自分の家のなかの整理整頓に励んでいた。そして、いよいよ聖なる艶《つや》やかな柊《ひいらぎ》の枝が鮮《あざ》やかな深紅《しんく》の実をつけて窓辺に姿を見せはじめた。このような風景を見ていると、思わず十七世紀に活躍したイギリス詩人マシュー・スティーヴンソンが書いたクリスマスの準備を謳《うた》った作品『十二か月』を思い出さずにはいられない。それには次のように綴《つづ》られている。「これから、牛や羊に加えて雄鶏《おんどり》、雌鶏《めんどり》、七面鳥、筒鳥《つつどり》、そして家鴨《あひる》のいずれも絞《し》められることになる。というのは、少しばかりの食物では、およそ十二日間に及んで大勢《おおぜい》の人たちの胃袋を満たすことはできないからだ。プラム、スパイス、砂糖、そして蜂蜜がパイやスープと一緒にテーブルに並べられた。まさに、今こそ音楽が奏でられるときである。老人たちが暖炉のそばで坐しているあいだにも、若者たちは踊って歌って身体を温めなければならない。田舎の娘がクリスマス・イヴにカードを買うのを忘れようものならば、買い物の半分を忘れたも同然で、もう一度使いに出る必要がある。クリ

スマスの飾り立てをするのに柊《ひいらぎ》か蔦《つた》かと大騒ぎして、それを決定する背後には夫婦間の力関係が見え隠れする。ダイスやカード・ゲームによって、執事は自分の懐《ふところ》を肥やす。一方、抜け目なく立ち回る料理人は、美味しい、美味しいと味見を繰り返して腹を肥やすのだ」。

私は車中でこのような贅沢《ぜいたく》な空想に耽《ふけ》っていたが、相席になった少年たちの叫び声で、夢見心から覚めて現実世界に戻った。これまで数マイル走ってきたが、そのあいだ、少年たちは流れる外の景色を車窓から眺めていたのだ。自分たちの家に近づくにつれて、窓から見える木々や家並みはどれも馴染《なじ》み深いものばかりになってきたのだろう、一斉に歓喜の声が湧き上がった。「あっ！ジョンだ。それからなつかしいカルロもいる。バンタムもいるなぁ！」と叫ぶと、同乗の腕白少年たちは感極まり、盛んに手を打ち鳴らして喜んでいた。

小径《こみち》の終わるところには、真面目くさった顔つきの老僕がお仕着せを着て少年たちを待ち受けていた。この老僕のそばにはポインターの老犬と敬意を払うべきバンタムがぴたっと寄り添っていた。バンタムは、まるでネズミのような、とにかく小さな馬で、たてがみは粗野な感じのする剛毛であったが、赤茶色を帯びた尾毛《びもう》は長く垂らしていた。この小馬は眠

ったままおとなしく落ち着いて道端に立っていたが、まさか、これから散々な目に遭おうとは夢にも思っていなかったであろう。

私は少年たちがこの忠実な老僕の周りを、はしゃいでくるくると走り回りながら楽しんでいる様子や愛犬をぎゅっと抱きしめているところを見て、無性《むしょう》に嬉しくなった。少年たちに抱きしめられたポインターは、全身をくねらせながら喜んでいた。しかし、何といっても少年たちの関心はバンタムに尽きる。みんなが同時にバンタムの背に乗りたがったので、老僕のジョンは多少

手こずっていたものの、ようやく順番にバンタムに乗せるようにした。ちなみに、最初に乗るのは一番年上の少年であった。

とうとう、彼らはその場から立ち去った。ひとりはバンタムに乗り、その前で犬がじゃれて飛びかかったり吠えたりしていた。他の二人の少年たちはジョンの両手を握り締めながら、一緒になって家のことを尋ねたり学校の話を持ち出したりして興ずるものだから、ジョンはほとほと困り果ててしまっていた。そんな彼らを見送ると、私にはある種の感情がこみ上げてきた。果たして、それは嬉しい感情なのか、悲しいものなのかよく分からなかったが、ふと彼らと同じ年頃だった時分がなつかしく思い出されたのだ。その頃の私も彼らと同様で、まだ苦労も悲哀も味わったことがなく、祭日は至福のときであると受けとめていたものである。ところ

で、私たちのステージコーチは数分間立ち止まり、馬に水を飲ませて休ませた後、ふたたび進みはじめて角を曲がると、すぐに立派な邸宅が姿を現した。私には、その邸宅の玄関先にいるひとりのご婦人と二人の少女の姿が識別できた。また、私の小さな友人たちがバンタムやカルロ、そして老僕のジョンと連れ立って馬車道を進んでゆく姿も目に入った。そこで、私は車窓から彼らの楽しい再会の場面を眺めようとしたのだが、どうにも前方に聳《そび》える木立に視界を遮《さえぎ》られてしまって、その様子を窺《うかが》い知ることができなかった。

夕方になって、私たちの乗ったステージコーチは、その晩を過ごす予定の村に着いた。その村にある旅籠《はたご》の大きな門をくぐると、片側に厨房の赤い炎の光が窓から洩《も》れているのが見えた。厨房のなかに入って、私は思わず感嘆した。何度訪れても感動は尽きないのだが、その優れた利便性に加えて清潔なところ、そして安逸《あんいつ》な享楽を貪《むさぼ》れることなど、こうしたイギリスの旅籠の特徴が、ここでもきわだっていたからだ。そこは広い厨房であった。厨房の周囲の壁には丁寧に磨かれた銅製や錫《すず》製の食器類が掛かっており、あちこちにクリスマスのモミの木の枝葉が飾られていた。ハム、牛タン、ベーコンなど

の塊が天井からぶら下がっており、暖炉のそばではスモークジャック*11と呼ばれるロースターが絶え間なく音を響かせ、そして片隅にある柱時計はチクタクと時を刻んでいた。しっかり磨かれたモミのテーブルが厨房の

隅《すみ》に寄せられていた。テーブルの上には、牛の冷製肉など麗《うるわ》しいご馳走が並べられていたが、その真ん中には泡を立てたビールの大ジョッキが二つ置かれて、さながら番兵のような風情《ふぜい》を醸《かも》していた。下卑《げび》た旅客たちは目の前の豪華なご馳走にいち早く飛びつこうと構えていたが、一方、他の人たちは、暖炉のそばで樫《かし》材で作られた高椅子に坐してタバコを吹かし、ビールを呷《あお》りながら雑談に興じていた。小奇麗に身を整えたメイドたちは、若い女主人の小気味よい指示の下《もと》で忙しく働いていたが、ちょっとでも暇を見つけると、暖炉の周辺に陣取っている客たちと戯《たわむ》れて軽妙な会話を繰り広げ、冷やかし笑いを浮かべたりしていた。こうした光景は、まさにプア・ロビンが真冬のせめてもの慰めとして考えていたことを完璧に具現したものであった。

今や辺りの樹木は木の葉の帽子を脱ぎ捨て、
白銀《しろがね》の髪に彩られた冬に敬意を表している。
美しい奥様と陽気なご主人と、
ビールの瓶、トースト、

そしてタバコと上等の石炭の火は、
この季節には何よりも必要なものである。
――『プア・ロビンの暦』、一六八四年より*12

私が旅籠《はたご》に着いてまもなくすると、四輪駅馬車が玄関まで乗りつけた。そこからひとりの若い紳士が降りてきたのだが、ランプの灯火《ともしび》にチラッと照らされたその顔にはどこか見覚えがあった。私が身を乗り出して、もっとよく見ようと凝視したとき、ちょうどその男と目があったのである。どうやら間違いではなかったようだ。それはフランク・ブレイスブリッジという名の威勢がよく愛想もいい若者で、彼とはかつてヨーロッパを一緒に旅した仲でもあった。だから、この再会はなつかしくもあり、じつに嬉しかった。かつて旅をともにした知己《ちき》のなつかしい顔を見れば、きまってあの頃のたくさんの楽しい場面、そして面白い出来事やエスプリの効いた洒落《しゃれ》などに興じた思い出が心に甦《よみがえ》ってくるものだ。旅籠での短いひとときでは、汲《く》めども尽きぬ思い出話を心ゆくまで楽しむことなどできやしない。慌《あわ》ただしく時間に追われるような身でもなく、もっぱら観光を楽しんでいるだけだと知ると、彼は私に是非とも一日か二日を割《さ》いて、ここから数マイル離れた所にある父親の邸宅でクリスマス休暇を過ごさないかと持ちかけてきた。彼はクリスマスを父親の邸宅で過ごすことにしていたようだ。「その方が、旅籠《はたご》でひとり寂しくクリスマス・ディナーをいただくよりはずっといいです

よ」と彼は言った。「いささか古風な接待になるかも知れませんが、無論、あなたのお越しを心から歓迎いたします」。なるほど、彼の言い分は、ごもっともである。白状すれば、じつはクリスマスの祝いを迎える準備で浮かれ騒いでいる周囲の情景を横目で見ながら、私はひとり寂しく過ごすことが堪《た》え難く感じはじめていたところであった。そのような事情もあって、私はすぐに快《こころよ》く彼の申し出に応じたのである。馬車が旅籠の玄関先に着けられた。そしてまもなくして、私はブレイスブリッジ邸*13へ向かった。

CHRISTMAS EVE.

⁂

第三章　クリスマス・イヴ

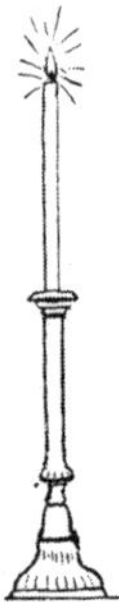

聖フランシス様、聖ベネディクト様[*14]、
どうか、この邸宅を邪悪な者からお守り下さい。
悪夢や悪戯《いたずら》好きな妖精ロビンからお守り下さい。
すべての悪霊、妖精、イタチ、ネズミ、白イタチ
からお守り下さい。
宵《よい》の刻から暁《あかつき》の刻まで。

——トマス・カートライト

T was a brilliant moonlight night, but extremely cold; our chaise whirled rapidly over the frozen ground; the post-boy smacked his whip incessantly, and a part of the time his horses were on a gallop. …

月の煌々《こうこう》と照る夜であった。だが、寒さは一段と厳しくなっていた。私たちの乗った二輪馬車《シェーズ》は凍《い》てつく大地を疾風《しっぷう》の如く駆けた。御者が絶えまなく馬に鞭を入れると、馬はしばらく疾走し続けた。

「御者はどこに行けばよいのか、心得ているんですよ」と言って、私の友人フランク・ブレイスブリッジは笑った。

「つまり、召使い部屋での愉快な催しと、ご馳走にありつこうと必死なんです。ところで、あらかじめご承知置き願いたいのですが、私の父は昔風の頑固者で、しかも古めかしい英国流のもてなしを今も続けていることが自慢なんです。たしかに父は昔気質《むかしかたぎ》で、イギリスの田舎紳士の標本のような筋金入りの人物ですが、そういった純粋な思いを貫いている人間を探そうとしても、今どきはなかなか見つかりませんがね。財産のある方ならば、たいていはロンドンで暮らすような時世ですし、また、田舎にも流行の波が押し寄せてきているので、昔の田舎の生活に根ざした特徴などは次第に薄れてしまっています。ところで、私の父ですが、彼は若い頃からチェスターフィールド[*15]より実直なピッチャム[*16]の教科書を模範として重んじています。田舎の有閑紳士が先祖伝来の土地に住むことは何よりも尊《とうと》ばれ、羨《うらや》むべきことであると、父は心底そう思っているんです。そんなわけで、一年中ずっと自分の領地内で暮らしているのです。しかも、昔の田舎の遊びや祝日の習慣などを復興したいと熱心に取り組んでいるものですから、それに関する本であれば、昔のものであろうと、今のものであろうと、いずれも渉猟《しょうりょう》して深く精通しています。たしかに、父の愛読書となると、それは少なくとも二世紀も前に活躍した名うての作家たちによって書かれた本ですが、彼が言うには、どうやらその頃の作家たちの著作や考え方が後世の作家たちよりも遥かに本来のイギリス人の精神性が窺《うかが》えて良いというのです。ときどきですが、父は二、三世紀前に生まれていればよかったなどと愚痴を零《こぼ》すこともあります。つまり、その頃のイギリス社会はイギリス本来の姿をしていて、独特の風俗や習慣を保っていたんですね。ブレイスブリッジ家の邸宅は表街道からいくぶん離れた寂《さび》しいところにありますし、近くには名だたるお屋敷もないので、誰にも邪魔されることなく自分の好みに応じて気ままな生活を楽しむという意味では、イギリス人として誠に羨ましい限りの至福を享受しています。この近隣では最も古い旧家を代表しており、また農夫たちのほとんどは父の小作人ですので、彼らのあいだで父はたいへん崇《あが》められていて、世間一般には「地主《マスター》」と呼ばれているのです。もっとも、この邸宅の家長には、大昔からこのような呼称が使われていますが。こうしたことを申し上げるのは、私の老父の変節ぶりに接しても、事前にある程度の心構えができていれば大丈夫だろうと踏んだからです。そうでないと、自らの浅慮《せんりょ》を省《かえり》みない、とても愚かしい存在にしか見えませんからね」。

私たちを乗せた馬車は、しばらく庭園を囲む塀に沿って走っていたが、まもなくして邸宅の門のところに着いて止まった。その門は重厚で、どっしりとした古風な鉄の柵で作られ、その上部は華やかな唐草《からくさ》の模様や花模様で奇抜《きばつ》に飾られていた。紋章の付いた門を支えているのは大きな角柱であるが、邸宅の門のすぐ近くには門番の小屋があった。その小屋は鬱蒼《うっそう》としたモミの木陰に隠れて、ほとんど潅木《かんぼく》の茂《しげ》みに埋まったような状態になっていた。

御者は門番の小屋にある大きな鐘を鳴らした。すると、鐘の音が凍《い》てついた静かな空気のなかに響きわたった。そして遠方で犬たちの吠える声がこれに応えた。どうやら、こうした犬たちが邸宅を護っているようであった。ひとりの老女がすぐに門口《かどぐち》に姿を現した。月の明かりが煌々《こうこう》と冴《さ》えわたり、彼女の姿を照らしたので、私はその小柄で質素な容姿を隅々《すみずみ》まで見ることができた。彼女が身にまとっている衣服は古風なもので、また小奇麗な頭巾《ずきん》とストマッカー（胸当て）が添えられ、白銀《しろがね》色にうねる髪の毛が雪のような真っ白な頭巾の下から覗《のぞ》いていた。老女は若主人のフラン

「その門は重厚で、どっしりとした古風な鉄の柵で作られ、その上部は華やかな唐草の模様や花模様で奇抜に飾られていた」

ク・ブレイスブリッジを出迎えるために門口《かどぐち》に現れて、丁寧にお辞儀をした。その素直な喜びを表情にも言葉にもあらわにしていた。どうやら、彼女の夫は邸宅の召使い部屋にいて、クリスマス・イヴを祝っているようであった。その男は歌もさることながら、話上手でもあったので、そうした場にいなくてはならない存在だったのだ。

友人のフランク・ブレイスブリッジの提案により、私たちは馬車から降りると、庭園のなかを歩いて、そこからあまり遠くない邸宅まで行くことにした。乗っていた馬車は後からついてくることになった。行く手の道は気韻《きいん》が漂う見事な並木道だが、結構曲がりくねっていた。簇葉《むらは》を落とした並木道の枝々のあいだに月の光が射し込み、その月は雲ひとつない澄んだ夜空をわたっていた。遠方の芝生には一面に雪がうっすらと積もっており、この附近の方々で輝く光は、月光が凍った雪の結晶を照らす現象であった。そして、少しばかり離れた所では、白い煙のような水蒸気が低地から人目を忍ぶかのように静かに空へと舞い上がり、次第に周囲の景色を包もうとしていたのである。

私の友人フランク・ブレイスブリッジは恍惚《こうこつ》とした表情で辺りを眺めると、「幾度も、幾度も」と口走った。「私は学校の休暇で帰省するたびに、この並木道を駆け抜けました。また幼少の頃には、この木の下でよく遊んだものです。だから、私はこれらの木々に対しても同様に、少年の頃の自分を育《はぐく》んでくれた人たちを敬《うやま》う気持ちを抱いてしまうのです。ところで、私の父には変に几帳面《きちょうめん》なところがありまして、祭日はきちんと祝い、邸宅で宴《うたげ》を催すときなどは、必ず父の周りに集まらなければならないんです。父は私たちの遊びにまで口を挟み細々《こまごま》と指図したり監督したりしますが、その厳しさと言ったら中途半端ではなく、ちょうど他の親御さんたちが子供の勉強を見てやるときのようなものでしたよ。いちいち細かいことに煩《うるさ》くて融通が利《き》かない頑固な父は、私たちに昔ながらのイギリスの遊戯をそれ本来のやり方で推奨《すいしょう》するものですから、古い書物を調べて、どんな「楽しい遊戯」を行なう上でも先例や典拠を探し求めたりしなければならないのです。それにしても、このように妙に博識ぶっている父の様子を見ていると、じつに愉快な気分になるものです。あの善良な老紳士の知恵とでも言うのでしょうか、父は子供たちに自分の家が世界で一番楽しい場所だと思わせたいのですよ。そして実際に、親が授《さず》ける贈り物のなかで、この家庭的な温《ぬく》もりのある愛情ほど上等なものはないであろうと思っているんです」。

私たちの会話は、大きさも種類も様々な犬たちの咆《ほう》哮《こう》で遮《さえぎ》られた。「雑種、子犬、幼犬、そして猟犬も、またそこいらにいる野良犬」までもが門番の鐘の音と馬車が放つゴトゴトという騒音に驚き、口を大きく開けて吠え立てながら芝生を横切ってやってきた。

「――小さな犬もみんな一緒になって。見てください、トレイ、ブランチ、スウィートハートも、みんな私に向かって吠え立てるんです」[*17]

と、フランク・ブレイスブリッジは大声で言いながら笑った。ところが、彼の声が聞こえると、犬たちのけたたましい咆哮は、たちまち喜びの鳴き声に変わったのである。すると、フランク・ブレイスブリッジはこの忠実な犬たちに取り囲まれ、ほとんど身動きが取れないほど窮屈な状態に追い込まれてしまったのだ。

私たちは古風な邸宅の全貌が見わたせるところまで、もうすでにやってきていた。その邸宅の一部は深い影に隠され、また一部は今宵《こよい》の冷たい月光に照らされていた。それはかなり広壮《こうそう》な建物であったが、不均一な様相を呈する邸宅でもあった。どうやら、様々な時代に造られた建築物の集合体のようだ。邸宅に附属する一つの翼棟《よくとう》は明らかに古めかしく、その重々しく石柱を配した出窓には蔦《つた》が絡《から》まりついて、簇葉《むらは》の影から覗《のぞ》く小さなダイヤ状の窓ガラスが月光に輝いていた。そして、この邸宅の他の部分はチャールズ二世[*18]の時代に造られたフランス風の建物で、私の友人フランク・ブレイスブリッジの語るところによれば、それは王政復古の時代にチャールズ二世の命を受け帰国した先祖のひとりによって修理と改修が施《ほどこ》されたものらしい。この邸宅を囲む庭園は、旧来の規律に基づいて造られたこともあり、そこには人工的な造形美で構成された花壇、小綺麗に刈り込まれた灌木《かんぼく》、小高いテラス、また幾つかの壷で飾られた重厚な石の欄干《らんかん》、そして鉛製の銅像がひとつ二つ立ち、さらに噴水もあった。聞くところによれば、この邸宅の老紳士はとくに細心の注意を払って、古色蒼然《こしょくそうぜん》としたすべての装飾を原形のままの状態で残そうとしていたようだ。彼はこの造園様式を称賛した上で、それには荘厳な趣《おもむき》があり、そして高貴な品性が漂い、まさに風雅《ふうが》な旧家の様式にふさわしいものだと考えていたのである。最近の造園様式は自然を誇らしげに模倣したものだが、これは現代の共和主義的な思想の発達に伴い生まれたもので、君主制の下《もと》ではどうにも馴染まない。つまり、それには社会的な平等性を反映したような風情《ふぜい》があるというのだ。私は造園様式にも政治が介入していることを知って、苦笑せざるを得なかった。そこで、私はこの老紳士は自分の信条にあまりに固執し過ぎではないかと、その懸念を遠慮なくフランク・ブレイスブリッジにぶつけてみた。ところが、彼がきっぱりと言うには、すなわちこうである。彼の父親が政治に関して発言することは稀《まれ》で、およそこのときぐらいであったろうし、このような考えに及んだのは、数週間にわたって滞在していたある国会議員からの受け売りに相違ないとのことであった。この邸宅の地主は、ときとして現代の造園家たちによって誹謗《ひぼう》される小綺麗に刈り込んだ水松《すいしょう》や、形式張ったテラスを弁護してくれる論議ならば、何でも喜んで耳を傾けた。

私たちが邸宅に近づくと、音楽の調べが聞こえてきた。そして、時折この邸宅の端の方から笑い声がどっと弾《はじ》けるのも聞こえた。フランク・ブレイスブリッジの述べるところによれば、この音は召使いの部屋から聞こえてくるのだと言う。そこではクリスマスの十二日間*19を通して飽満《ほうまん》享楽の贅《ぜい》を極めることが許されていたのだ。いやむしろ、邸宅の地主は、それを奨励していたのである。もっとも、すべてのことは古来のしきたりに則《のっと》って行なわれなければならなかったが。ここには、今もなつかしい昔ながらの遊びが残っていた。たとえば、鬼ごっこ、罰金遊戯、目隠し当てゲーム、白パン盗み、アップル・ボビング（水を張った器のなかに浮かぶ、思いを寄せた人の名を刻んだ林檎《りんご》を口で咥《くわ》えて取り出す伝統的な遊び）、干し葡萄取りなどである。いつものように、クリスマス・イヴに暖炉で焚《た》く大薪《まき》ユールログ*20がくべられて、クリスマス・キャンドルの炎の灯《あか》りは尽きることが

なく燃える。そして、白い実をつけたヤドリギが吊るされ、可愛いメイドさんたちには、今にも危険が迫ってくるようであった。*21

　召使いたちはあまりにも遊びに夢中になっていたので、私たちが幾度となく繰り返し、ベルを鳴らしても一向に気づかなかった。やっとのことで、私たちの到着が告げられると、この邸宅に住む地主は二人の息子を伴って出迎えるために姿を現した。息子のひとりは賜暇《しか》を得て帰郷していた若い陸軍将校で、もうひとりは、ちょうど帰省したばかりのオックスフォード大学の学生であった。地主は健康そうに見え、しかも立派な老紳士然とした風体《ふうてい》をしていた。髪は銀色で、やや縮れており、血色のよい艶《つや》やかな表情をしていた。人相占い師が、もし私のように事前に地主にまつわるひとつ二つの細《こま》かい情報を得ていれば、その顔の表情に気まぐれな心と慈悲の心が奇妙に混在していることを見抜いたであろう。

この一家の再会は、温かく愛情に満ち溢れたものであった。夜も更《ふ》けてきたので、地主は私たちに旅服を着替えさせる時間も与えず、すぐさまみんなが集っている古風な作りの大広間へと案内した。そこには方々から駆けつけた親類縁者たちが集まって賑《にぎ》やかであった。例によって、その宴《うたげ》の場をともにしたのは、老齢の叔父や叔母、

「古風な作りの大広間では、方々から駆けつけた親類縁者たちが集まって賑やかであった」

安逸《あんいつ》な生活を送る有閑婦人、老境を迎えた独り身の女性たち、血気盛んな従兄弟《いとこ》たち、物心ついた年頃の少年たち、それに寄宿舎にいる見目麗《うるわ》しいお嬢さんたちであったが、みんな思いおもいのやりたいことをして、景気よく盛り上がっていた。順番にカードを配ってゲームに興ずる者もあれば、暖炉を囲んで話に夢中になっている者もいた。大広間の隅《すみ》には若い人たちが固まっているのが見えたが、そのなかにはまもなく成人を迎えようとしている若者や、幼くまだ蕾《つぼみ》のような印象の子供たちも加わっていた。辺りには木馬や玩具のトランペット、そして壊れた人形が床に無造作に放り出されていた。これは、どうやら妖

精のように可愛く無邪気な大勢《おおぜい》の子供たちが元気にお遊びをした跡らしい。彼らは楽しい一日を気分よく過ごした後、床《とこ》に入り健《すこ》やかに夜の眠りについたのだ。

若いフランク・ブレイスブリッジと親類縁者たちが挨拶を交《か》わしているあいだに、私にはこの部屋をじっくり眺める時間があった。私がこの部屋を大広間（ホール）と呼んだのは、実際に、昔はこの部屋が大広間として使用されていたからだ。地主は明らかにこの部屋を昔の原形を保った状態に戻そうと鋭意努力していた。重厚で風格ある突き出た暖炉の上には、甲冑《かっちゅう》を纏《まと》った騎士が白馬の傍《かたわ》らに立っている姿の肖像画が掛けられており、その向かいの壁には兜《かぶと》と楯《たて》と槍《やり》が掛けてあった。また、大広間の端の方の壁には大きな一対の雄鹿の枝角《えだづの》が嵌《は》め込まれており、その枝角は帽子や鞭や拍車を吊るす掛け釘として役立つようになっていた。さらに、この大広間の隅々《すみずみ》には猟銃や釣り竿、その他の猟に使用する道具類が置かれてあった。そこに備え付けられた家具調度品は昔風の重量感を残した荷厄介《にやっかい》なものだが、最近の利便性を活かしたものも加えられ、樫《かし》の木を床材としたフロアには絨毯《じゅうたん》が敷き詰められていた。このように、全体の様子としては、応接間と大広間が妙に混合したような趣向が凝《こ》らされていたのである。

火格子《ひごうし》は存在感のある大きな暖炉から取り外されて、薪《まき》が赤々とよく燃えるように設《しつら》えてあった。暖炉の奥では丸太のような大きな薪ユールログが燃え盛って、この部屋に大量の光と熱を放出している光景を眺めていると、なるほど、まさにこれがクリスマス・イヴに暖炉で焚《た》く大薪

ユールログなのだ、と私はしみじみと感じ入ったものだ。地主は事細《こま》かに指示を出して、昔からのしきたりに従い、クリスマス用の大きな丸太を邸宅に運び込ませて、それを暖炉で燃していた。

この邸宅の老地主が由緒《ゆいしょ》ある肘掛椅子に腰を下ろし、客人を厚くもてなす先祖伝来の暖炉のそばから辺りをぐるりと見回すと、まるで太陽の光が人の心に等しく温かさと喜びを注《そそ》ぐかのように感じられた。私は、そんな微笑《ほほえ》ましい光景に出くわして嬉しくなった。地主の足元で体を伸ばして寝そべっている犬でさえも、おもむろに体位を変えたり欠伸《あくび》をしたり、いとおしげに主人の顔を見上げては、床の上で尻尾を振りながらふたたび体を伸ばして心地よい眠りに落ちたのである。それはやさしく眠りを見守

ってもらえているという安心感によるものだった。真心のこもったもてなしには、心の底から湧き出る感動があるものだ。それはとても言葉などでは言い表わせないが、瞬時に感じられるものである。だから、新来《しんらい》の客であっても、どこか気楽な気持ちになれるのだろう。かく言う私も、善良な地主の暖炉のそばに坐して何分もたたないうちに、まるでこの家族の一員になったかのような気分になり、すっかり打ち解けた空気に包まれた。

私たちが到着すると、まもなくして晩餐会が催されることが告げられた。晩餐会は樫《かし》材で作られた広い部屋で執《と》り行なわれることになっていたが、その広間の鏡板《かがみいた》は蝋《ろう》で磨き上げられて艶々《つやつや》と輝いていた。広間を囲む壁には家族の肖像画が掲げられてあり、柊《ひいらぎ》の枝葉と蔦《つた》で飾られていた。普段通りに照明がついていたが、その他にクリスマス・キャンドルと呼ばれる大きな二本のろうそくを立てた燭台が、常緑樹の枝葉を絡《から》み合わせて、丁寧に磨き上げられた食器棚の上に家伝の古い銀食器と一緒に置いてあった。そして、食卓は豪勢な料理で彩られていたのである。しかし、地主はフルーメンティで夕食を済ませた。このフルーメンティとは昔から伝わるクリスマス・イヴの定番メ

ニューで、蒸しケーキをミルクで煮立て、そこに濃厚な味わいのスパイスを加えたものである。私は目の前に惜しみなく並べられたご馳走のなかにお馴染みの小さなミンスパイ*22を見つけて思わず喜んだ。しかも、このパイがクリスマス・イヴの完璧な定番メニューの一つであるこ

とを知って、自分の嗜好《しこう》もまんざら捨てたものではないと思った。そんなこともあり、私は品格を備えた旧知の友人と挨拶を交《か》わすときのあの温かい真心を込めて、思わずこのミンスパイの前で頭を垂《た》れたのである。

その宴《うたげ》の場の楽しい雰囲気をいっそう引き立てたのは、ブレイスブリッジ氏からマスター・サイモン*23という奇妙な名前で呼ばれていた一風《いっぷう》変わった滑稽な人物である。彼は小気味よく立ち回り、独り者らしい風情《ふぜい》が感じられる小柄な老人で、その鼻はオウムの嘴《くちばし》のような形をしており、顔には天然痘の後遺症がわずかに残っていて、肌は艶《つや》をなくし、晩秋の霜《しも》に打たれた葉のように干からびていた。だが、その目は機敏で生きいきと輝いて、つい表情を和《やわ》らげてしまいそうになるような悪戯《いたずら》っぽい滑稽な顔つきをしていた。この男は明らかに一家のなかにあっては機知に富む存在であり、ご婦人たちを相手にして皮肉っぽい冗談や当てこすりを言うことが得意で、幾度も過去の話題を蒸し返しながら上機嫌だった。ところが残

念なことに、私はこの邸宅の歴史に明るくないので、それほど楽しんで彼の話を聞くことができなかった。晩餐会の席でのことだったが、彼は相席になった若いお嬢さんをしつこくからかい、彼女にずっと笑いを堪《こら》えさせるような振舞いをしていたのだ。どうやら、彼はずいぶんと困惑した彼女の様子を見て、心底から喜んでいるようであった。何しろ、このお嬢さんの真向かいに座っていたのは彼女の母親で、その行儀の悪さを戒《いまし》めようと思い厳しい視線を送っていたのだが、それにもかかわらず、マスター・サイモンの所作がおかしくて堪《たま》らないのだから始末が悪い。たしかに、マスター・サイモンは一座の若い連中のあいだではとびきり人気の高い人物で、彼のあらゆる所作、ある

いは顔つきのちょっとした変化だけでも、周りからどっと笑いの渦が巻き起こったものだ。しかし、それもけっして不思議なことではなかった。若い連中の目にはきっと芸の神様でも宿っているかのような驚異の人物に見えたに違いないからだ。彼はパンチとジュデイというイギリスで有名な人形劇の物真似も上手であったし、焼け焦げたコルクとハンカチを工夫して使えば、片手でお婆さんに似せた人形を仕上げて見せた。さらに、オレンジに面白おかしく切れ目を入れ、若い連中を笑いの渦に巻き込んだりして楽しんでいたのである。

私はマスター・サイモンの簡単な経歴をフランク・ブレイスブリッジから知らされることになったが、それによると彼は頽齢《たいれい》の独身男で、自活できる程度のわずかな収入を得て、何とか上手にやりくりしながらそれなりに満たされた生活を送っている人物のようだ。彼は彗星《すいせい》が軌跡を描くように親類縁者のあいだを勝手気ままにあちこち動き回り、ある親戚筋を訪れたかと思えば、次には遠方の別の親戚の所へ足を運んでいた。もっとも、こうした親戚の数は多いが資産に恵まれないイギリスの有閑紳士を取り巻く光景としては、さほど珍しくはなかった。マスター・サイモンは小気味よく立ち回る陽気な気質の男で、いつも「今」という時を存分に楽しんでいた。その上、居場所も交友関係も頻繁《ひんぱん》に変わるものだから、よく世間にある独り者の老人の例のように、無情にも身についてしまうあの頑迷固陋《がんめいころう》の癖《へき》に落ちることはなかった。彼はこの一家の完璧な年代記のような古株的存在で、ブレイスブリッジ家全般の系譜、歴史、婚姻に関する諸事すべてにわたって精通していたこともあり、年配の人たちにはたいへん気に入られていた。年老いた貴婦人や年配のご婦人たちのあいだでは伊達男と持て囃《はや》され、依然として若者扱いされていたのだ。一方、子供たちのあいだでは、お祭りの達人として通っていた。このような次第で、いつどこに行っても、サイモン・ブレイスブリッジ氏を凌駕《りょうが》するような人気者にはなかなかお目にかかれなかった。最近の彼は地主と住居をともにして、毎日のほとんどの時間を一緒に過ごしていたので、言ってみれば身の回りの世話をする執事のような役回りであった。そして、気まぐれに昔話を持ち出しては地主と一緒に興じて心の波長を合わせたり、そのときどきに合わせて古い歌の一節を口ずさむこともあった。ところで、私たちはまもなくして、最後に述べたマスター・サイモンの才能の真髄に接することになった。すなわち、晩餐の後片付けが済むと、すぐにクリスマス特有の香料入りのワイン*24や他の飲み物が食卓に出され、早速マスター・サイモンにはなつかしいクリスマス・ソングを歌ってもらおうということになったのである。彼は一瞬躊躇《ためら》ったものの、すぐに目を輝かせて、それほど悪くない朗々とした声でクリスマス・ソングを歌ったのだが、ときどき声が裏返って、裂けた葦笛《よしぶえ》のような音が洩《も》れるのが気になった。それにしても、それは古風な趣《おもむき》のある歌であった。

「さあ、クリスマスの日がきた。
太鼓を景気よく叩いて、
近隣の人々に声をかけて集《つど》おうではないか。
そして、みんなの顔が揃ったら
愉快にご馳走を食して、
風も嵐も払い除《の》けようではないか」*25

晩餐の宴《うたげ》を大いに楽しみながら、みんな陽気になっていた。年老いたハープの弾き手が召使い部屋から呼ばれた。彼はそこで一晩中ハープの弦を爪弾きながら曲を奏でていたが、明らかに、地主の自家製の醸造ビールを呷《あお》って、すこぶるご機嫌よろしく盛り上がっていたようである。私が耳にしたところでは、彼はいわばこの邸宅で居候《いそうろう》のような暮らしを楽しんでいた人物で、一応表向きはこの村の住人であったが、自分の家いる時間よりも地主の邸宅の厨房にいる方が多かった。それというもの、この老紳士が「大広間のハープ」から流れる音色《ねいろ》を好きだったからに他ならない。

晩餐会の後に開かれるたいていの舞踏会と同様に、今宵《こよい》の舞踏会もじつに愉快なひとときであった。年配の人たちのなかにもダンスに興ずる者がいたし、地主も自らパートナーの手をとり、幾組かのダンス相手を顔色なからしめた。それもそのはずで、彼が言うには、この日のパートナーとは半世紀近くも毎年クリスマスにペアを組んで踊っていた間柄であるということだった。マスター・サイモンは古い時代と新しい時代の架け橋としての役割を担った人物のように思えたが、その芸風はいささか古めかしい感じがした。しかし、自身のダンスは自慢のようで、昔の流儀に則《のっと》ったヒール・アンド・トウ

やリゴドン＊26、あるいはその他の優雅なダンスを披露《ひろう》し周囲から称賛を浴びたいと思って、とにかく夢中になっていたことは明らかである。ところが不幸にして、彼は寄宿学校のお転婆なお嬢さんとパートナーを組む羽目になったものだから、困惑すること甚《はなは》だしい。なにしろ彼女は若さが漲《みなぎ》り元気いっぱいに振る舞うものだから、この老紳士

は常に気持ちの置きどころが定まらないのだ。せっかく彼が真面目に、そして優雅に踊ろうと試みたのに、その気分も台無しになってしまうという有様である。得てして、昔気質《むかしかたぎ》の老人というものは、このような不幸な事例に陥りがちなものだ。

これに反して、若いオックスフォード大学の学生は、この場に未婚の叔母のひとりを連れ出した。このやんちゃな学生は、ちょっとした悪戯《いたずら》をいろいろ仕掛けるのだが、不思議に叱られることはない。だから、彼は茶目っ気たっぷりの仕草《しぐさ》を見せ、叔母や従姉《いと》妹《こ》たちにちょっかいを出して愉快に楽しんでいたのである。奔放《ほんぽう》で無鉄砲な若者たちがそうであるように、彼も女性たちのあいだでは等しくみんなに好かれていたようだ。ダンスで周囲の注目を最も集めたのは、若い将校と、老紳士が後見人でもある花も恥らう十七歳の美しい乙女であった。その晩のうちに、二人が恥ずかしそうにお互いの目線を交《か》わす場面を何度も見ていたので、私は御両人のあいだに、ほのかな恋心が芽生えてきているのだと思った。たしかに、この若い将校は可憐な乙女の心を魅了するのには、じつにふさわしい人物であった。すらりとした背に甘いマスクが引き立つ彼には、近頃のイギリスの若い将校によくあるように、ヨーロッパで身につけた様々な芳醇《ほうじゅん》な教養の香

りがそこはかとなく漂っていた。たとえば、フランス語やイタリア語を流暢《りゅうちょう》に話すことができ、また風景画も美しく描けたのである。さらに美しい歌声を披露《ひろう》することもできる上に、彼のダンスは神技の域にまで達していたというのだから申し分ない。だが何よりも彼は、ワーテルロ

ーの戦い[*27]で名誉ある負傷をしていたのだ。詩や物語をよく読んで知っている十七歳の乙女であれば、この若い将校のように誇り高き武勲があって、非の打ちどころのない完璧な人士に酔いしれないはずがない。

ダンスが終わると、すぐに彼はギターを手に取り、古風な大理石の暖炉に背を凭《もた》せかけ、わざとらしいと思われるようなポーズをつくって、トルバドゥール[*28]と呼ばれるフランスの抒情詩人を彷彿《ほうふつ》とさせる小曲を歌いはじめた。ところが、地主はクリスマス・イヴには、なつかしい昔のイギリスの歌以外は歌わないようにと語気を強めて言い放ったのだ。そこで、この若い吟遊詩人は、しばらく天を仰いで記憶を呼び起こそうとするような素振《そぶ》りを見せて、すぐに別の小曲を奏でると、うっとりするような魅惑的な雰囲気を醸《かも》してイギリス詩人ロバート・ヘリック[*29]の「ジュリアに捧げる小夜曲」を歌い出したのである。

「蛍は自身の目を君に貸し、
夜空を流れる星を従えて、

小さな妖精たちも、愛らしいつぶらな瞳を、
火花のように輝かせて、君を守ろうとする。
鬼火たりとも、君を欺《あざむ》かず、
蛇もトカゲも君に噛みつくことはない。

だから前に進みなさい、歩を緩《ゆる》めずに。
たとえ怪物であっても、君の行く手を阻むことはできないだろう。
闇夜であっても、たじろぐことはない。
月の輝きが微睡《まどろ》んだとしても、
夜空の星が君に光を授けるだろう。
たくさんのろうそくの明かりのように。

愛しのジュリアよ、君に言葉をかけてあげたい、
私のもとに来たならば、
そして、その白銀《しろがね》のような足を迎えたならば、
そのときには、私の心を君に
捧げようではないか」

この歌は、あの美しいジュリアに捧げられたものなのか、あるいはそうではなかった

「実際に、彼女は彼にはまったく無関心な様子で、温室に咲いた美しい花々を指先で摘み上げては愉快に楽しんでいたのである」

のか。というのも、この若い将校のダンスの相手の乙女の名前と同じであったからである。ところが、ジュリアはその意味がまったく分からなかったらしい。彼女は歌い手の将校の顔を眺めるどころか、じっとフロアを見つめているだけであった。たしかに、彼女の顔は美しく紅色《べにいろ》に染まっていたし、その胸の鼓動はやさしく波打っていた。だがそれは、ダンスで身体を動かしたことによる変化だったのだ。実際に、彼女は彼にはまったく無関心な様子で、温室に咲いた美しい花々を指先で摘み上げては愉快に楽しんでいたのである。そして、彼の歌が終わる頃には、その花々は無残にもフロアに散らばっていたのだ。

その晩の宴《うたげ》も終わり、一座の人々は昔の流儀に従い心のこもった握手を固く交《か》わして、その場を辞した。私は大広間を通って部屋に戻ったが、その途中で例のクリスマス・イヴの大薪《まき》ユールログの明かりがなかなか消えずに、仄暗《ほの》い光を放っているのを見た。もしも、このときが「亡霊も畏《おそ》れて出没しない」季節でなかったならば、私は真夜中にそっと部屋を抜け出して、暖炉で妖精たちが宴に興じているのではないかと、覗《のぞ》き見したい誘惑に駆られたかも知れない。

私が寝泊まりする部屋はこの邸宅の旧棟にあり、大きくて重い家具調度品が備えつけられていたので、巨人が跋扈《ばっこ》していた時代に造られたのかと思われるほどだった。それは鏡板《かがみいた》を張り巡らせた部屋であったが、長押《なげし》には手の込んだ彫刻がびっしりと施《ほどこ》されて、花模様や異様な顔の彫刻とが妙に組み合わされていた。そして、壁に一列に並んだ黒ずんだ顔つきの肖像画が物憂《ものう》げに私を睨《にら》みつけていた。天蓋《てんがい》と帳《とばり》が付されたベッドは豪華なダマスク織り*30だが、その色は褪《あ》せており、張り出し窓と反対側の壁の窪《くぼ》みのなかにあった。私が床《とこ》に入るか入らないかのとき、音楽の調べが窓のすぐ下の方から静けさを破って微《かす》かに聞こえてきたように思われた。耳を澄ますと、その聞こえてくる音は、どうやら、どこか近隣の村からやって来た楽団の演奏のようであった。この楽団の一隊は、邸宅をぐるりと回って窓の下で演奏をはじめていたのだ。私は窓のカーテンを引いて、もっとはっきり聞きたいと思い身を乗り出した。月光が窓の上の方から射し込んで、古風な部屋の一角を照らした。次第に楽団の音が遠のいていくと、あとには、ぼんやりとした柔和《にゅうわ》な情景が浮かび上がり、それは夜の静寂と月光が溶け合うような風情《ふぜい》であった。私はひたすら耳を澄ませて聞き入った。音が次第にやさしく、そして遠くなり、いつと

はなく消える頃、私の頭は
枕に沈み、そして深い眠り
に落ちていったのである。

Christmas Day.

第四章　クリスマス・デイ

暗い気だるい夜よ、
ここから立ち去れ、
十二月であっても五月の香りが漂う
今日のクリスマスに栄誉を与えよ。
凍《い》てつく冬の朝ではあるが、
どうして麦の穂が豊かな秋の野のように
微笑《ほほえ》むのであろうか。
また、どうして新たに刈られた春の野のように、
たちまちほのかな匂を放つのか。
来て、見るがよい、
どうして、すべてのものが香《かぐわ》しく匂い立つのかを。
——ロバート・ヘリック

WHEN I awoke the next morning, it seemed as if all the events of the preceding evening had been a dream, and nothing but the identity of the ancient chamber convinced me of their reality. …

翌日の朝、私が目を覚ますと昨日の出来事すべてが、まるで夢のように思えた。しかし、この古風な部屋がそのままの状態になっていたのを見て、昨夜のどんちゃん騒ぎが現実であったことが分かった。私が枕に埋もれて物思いに耽《ふけ》っているあいだにも、邸宅の外では子供たちが小さな足音を立てて、何やら言葉を交《か》わし、愉快にはしゃいでいた。するとまもなくして、子供たちの聖歌隊の可愛い声が響いて、昔のクリスマス・キャロルの歌声が流れはじめた。その畳句《じょうく》は次のようだった。

喜び給え、われらの救いの主の生誕は
クリスマスの日の朝なのだ。

私はベッドからそっと身を起こして衣服を羽織り、そして唐突にドアを開けた。すると目に映ったのは、画家が描く絵のように美しくて可愛い妖精を思わせる子供たちの聖歌隊の姿であった。その一隊を構成していたのは、天使のように愛くるしい三人の少年少女で、ひとりの少年と二人の少女であったが、一番年長の子でも六歳を越えていなかったであろう。彼らは邸宅の周囲をうろうろして、すべての部屋のドアの前に立ち止まってはクリスマス・キャロルを歌っていた*31。ところが突然、私が三人の前に姿を現したものだから、彼らはびっくりして、はにかむ様子を見せながら途中で歌うのをやめてしまった。そして、しばらく指先で唇をいじっていたが、ときどき、眉《まゆ》の下から照れくさそうな目で、こちらの方を一瞥《いちべつ》したかと思ったら、何かをふと思いついたかのように慌《あわ》てて駆け出して行ってしまった。回廊の角を曲がって、うまく逃げ通せたことを称《たた》え合っていたのか、歓喜の笑い声が私の耳に届いた。

このような昔風のもてなしを旨《むね》としている要塞のような構えの大邸宅にあっては、一

つひとつのことがことごとく人々にやさしさと幸せをもたらすのである。私が寝泊りしている部屋の窓は、夏の季節であれば、さぞかし景色が美しいだろうと思われる側にあった。緩《ゆる》やかに傾斜する芝生の裾《すそ》を細い川がうねうねと蛇行し、その向こうに見える大庭園には風雅《ふうが》な趣《おもむき》を湛《たた》える木々が鬱蒼《うっそう》と茂《しげ》り、鹿が幾頭か群れていた。さらに、遠方の麓《ふもと》には瀟洒《しょうしゃ》な村が佇《たたず》んでいるのが見えて、茅屋《ぼうおく》の煙突から上る煙が屋上でゆらりとたゆたい、教会の黒い尖塔は澄みきった冬の寒空に映《は》え、その輪郭をくっきりと浮き彫りにしていた。イギリスの古くからの伝統に従って、常緑樹に包まれたこの邸宅はほとんど夏のような様相を呈していたが、この日の朝は途轍《とてつ》もなく寒く、前夜の薄い霧が、この寒さのために沈殿《ちんでん》していた。そのために、あらゆる木々や草の葉は美しい氷の結晶をまとい、しかも白々とした朝の光がきらめく簇葉《むらは》に反射して眩《まぶ》しく輝いていたのである。私の部屋の窓のすぐ前に聳《そび》える赤い実もたわわなトネリコの木の枝には、一羽のコマドリが止まって朝日を浴びていたが、この鳥は不満そうな調子で囀《さえず》っているように思えた。一方、一羽の孔雀《くじゃく》がその華麗な尾羽のすべてを扇状に広げて、まるでスペインの貴人のような高飛車で威厳に満ちた、毅然たる態度を崩さず、窓の下のテラスを颯爽《さっそう》と闊歩《かっぽ》していた。

私が身支度《みじたく》を済ませると、すぐさま召使いが現れて、家族の祈りの時間です、と告げられ、この邸宅の古い翼棟《よくとう》に附属する小さなチャペルへと案内された。通廊のような場所には、すでにこの一家のほぼ全員が集まっており、そこにはクッション、膝《ひざ》ぶとん、そして大きめの祈禱書などが揃《そろ》えてあった。召使いたちは下座《しもざ》につき、地主は通廊の前方の机の上に載せてある祈禱書を読み、マスター・サイモンは執事のお役目よろしく、

先頭に立って唱和していた。掛け値なしに判断してもそう思うのだが、彼はじつに厳粛に礼儀正しく、この儀式を執《と》り行なっていたのだ。

　この儀式の後にクリスマス・キャロルが流れたが、その歌詞はブレイスブリッジ氏のお気に入りの詩人であるロバート・ヘリックの詩の一篇から引いたもので、マスター・サイモンの手により、古くから伝わる教会音楽を当ててアレンジしたものであった。この邸宅の一家のなかには美声の持ち主が幾人もいたので、唱歌の出来栄えはすこぶるよかった。だが、とりわけ私の心を揺さぶり、にわかに感謝の念を抱かせたのは、あの立派な地主があの一節を読んだときであった。もっとも、涙で潤《うる》んだ目をきらめかせながらも、彼の声は音楽の調子とタイミングを外《はず》していたのだが。

私の輝くばかりの暖炉にて、
純真な喜びを与え
その縁にまで香料を入れた酒を賜《たまわ》る。
それは主の思《おぼ》し召《め》しなり。
主よ、私の領土を豊饒《ほうじょう》にするのは
あなたの恵み深い豊かな御手なり。
たくさんの種を蒔《ま》けば、
それを二十倍にして私に与えてくださる。

これは後で分かったことだが、早朝の儀式は、毎週日曜日あるいは毎年の万聖節《ばんせい》の日にブレイスブリッジ氏本人、もしくは一家の誰かによって一年を通して執り行なわれていたようだ。この習慣は、かつてはイギリスの貴族や有関紳士階級のあいだではごく当たり前の儀式であったが、現在ではあまり見られなくなっている。これは誠に残念至極《しごく》である。というのは、朝のうちに、ときおりこの素晴らしい儀式を執り行なう家庭は秩

序と平安に満ちているだろうし、このような朝の儀式を行なうことは、いわば楽曲における主音のようなもので、その日一日の気分を司《つかさど》る根底となり、人の精神を調和させる効果がある。そのようなことは、読者の皆様にもお分かりいただけるだろう。
　この邸宅の朝食だが、それは地主が伝統的な真の英国風の食事と称しているものであった。地主は、近頃流行している紅茶とトーストの朝食をいつも苦々《にがにが》しく思っており、何でも、今の若い人たちがひ

弱になり無気力に陥った原因は、ひとえにこの種の食事のスタイルにあると嘆《なげ》いているのだ。さらに、これが昔風のイギリス人特有の温和な心情までも衰微させてしまったと、彼は心を痛めていたのである。この年老いた地主は来客の嗜《し》好《こう》に合わせようと配慮して、食卓の上にそれらの品々を揃えないわけではなかった。とはいえ、サイドボードの上には冷製肉、ワイン、そしてビールといった豪華なご馳走がずらりと並んでいた。

朝食後、私はフランク・ブレイスブリッジとマスター・サイモン、あるいはサイモン氏と呼んだほうがよいだろうか、地主以外の人たちはみんなそのように呼んでいたが、いずれにしても彼ら二人と連れ立って一緒に敷地内を散歩した。この邸宅周辺の紳士然とした面構《つらがま》えの多くの犬たちが護衛の任を務めたが、これらの犬たちは元気なスパニエル種の猟犬から逞《たくま》しい老猟犬スタッグハウンドに至るまで多種にわたっていた。ところで、このスタッグハウンドはかなりの昔から邸宅に住んでいる猟犬で、マスター・サイモンがボタンホールに挿している犬笛を吹くと、じつに従順に応じた。たとえ戯《たわむ》れている最中《さなか》であっても、犬の片目は、ときおり彼が手にしている短鞭《たんべん》に向けられていたのだ。

この古風な豪邸は青白い月光に照らされているときよりも、太陽の金色の光を浴びて輝いているときの方が遥《はる》かに崇高に感じられた。地主が言うには、古式豊かなテラス、重々しく造形された欄干《らんかん》、そして小綺麗に刈り込んだイチイの木々などには、格調高い貴族的な雰囲気が醸《かも》し出されているとのことだ。私はこのように語る彼の見解に感服しないわけにはいかなかった。ところで、この邸宅の周辺には、たくさんの孔雀《くじゃく》が放し飼いにされていたのだ。私は幾

羽かの孔雀が日当たりのよい壁の下で日向《ひなた》ぼっこに興じているのを眺めて、その一群の孔雀について何か言葉を挟もうとしたところ、マスター・サイモンは、私が発した一群を意味する“a flock of”という表現をやんわりと正して、最も古くて信頼できる狩猟に関する文献に従い、孔雀の一群を表わす場合には“a muster of”という形容を使用しなければならないと教えてくれた。「これと同様のことが言えるのだが」と、彼はいささか学者ぶった態度で言い放った。すなわち、「鳩やツバメの一群の場合は“a flight of”、鶉《うずら》は“a bevy of”、鹿、ミソサザイ、鶴の類は“a herd of”、キツネは“a skulk of”、そしてカラスは“a building of”といった具合である」。イギリスの著名な法律家であるアンソニー・フィッツハーバート*32によれば、と彼はさらに言葉を続けた。「この鳥は理解力に優れ、名誉も尊びます。つまり、孔雀は人に褒《ほ》められると、たいてい、尾羽を太陽に向けて広げて、いっそうその美しい姿を人に惜《お》しみなく披露《ひろう》するんです。しかし、木々の枝から葉が舞いはじめる季節を迎えて、その尾羽も抜けてしまうと、孔雀は悲しみに暮れて、ふたたび生え揃うまでその身を隠すのです」。

私はマスター・サイモンがこのような突飛な話題に関して、云々の蘊蓄《うんちく》を傾ける姿に接して、思わず込み上げてくる微笑を抑えることができなかった。とはいうものの、この邸宅において、孔雀《くじゃく》はある程度重要な存在であり、何でもフランク・ブレイスブリッジが言うには、地主にとって孔雀は愛玩用の鳥なので、その種を絶やさないように格別の配慮をもって飼育されていたようだ。その理由のひとつは、孔雀は騎士道の世界に一脈通じる生き物であり、昔の大宴会では少なからず必要とされる存在であったからなのだ。もうひとつの理由としては、孔雀には華やかさと風格が備わっているために、古い豪邸にふさわしい気韻《きいん》を醸《かも》し出すという点が挙げられる。古風な石造りの欄干《らんかん》の上に佇《たたず》む、気高く威厳に満ちた孔雀の姿を見ていると、これを凌駕《りょうが》するものは他にない、と地主はいつも言っていた。

マスター・サイモンには、村の合唱隊の人々と教会で自らがアレンジした曲を披露《ひろう》する約束があったので、その場を急いで去らなければならなかった。この小柄な男の陽気で元気潑剌《はつらつ》とした態度には、どこかとても気持ちのよいものが感じられた。日頃、親しんでいたとは到底思えない作家の書物からも、彼はいとも巧みに名文を引用するのだが、これには多少の驚きを感じたものだ。このことをフランク・ブレイスブリッジに話すと、

彼はにこりと微笑《ほほえ》んで私に語ってくれた。それによると、マスター・サイモンが身につけている全知識は、地主がかつて彼に貸した古い作家の数冊の本に限定されたものであるという。つまり、彼は何か学びたいという思いに駆られると、ときには雨天の日や冬の夜長などの時間を持て

余すことなく有効に活用して、それらの書物を何度も何度も繰り返し読むのである。たとえば、アンソニー・フィッツハーバート卿の『家政の書』（1523）、ジャーバス・マーカム[*33]著『田舎の娯楽』（1615）、トマス・コケイン[*34]著『狩猟の書』（1591）、アイザック・ウォルトン[*35]著『釣魚大全《ちょうぎょ》』（1653）、さらに二、三人を加えた昔の著名な作家たちの書物が、その指南書となっていたのだ。わずかな読書経験しか持たない輩《やから》の常であるが、そういう人たちはこれらの本に、いわば盲目的に心酔してしまい、いかなる場合においても、ここからいろんな言葉を引用するものである。また歌に関して言えば、それらは主に地主の書斎にあった古い書物から拝借したものに十八世紀の名士たちのあいだで人気の高かった流行の曲を当ててアレンジしていたものであった。彼は文学作品の断片を実際に多用するものだから、この近隣の馬丁《ばてい》、猟師、それに狩人《かりゅうど》たちからは書物の知識に関する絶大なる権威者として奉《たてまつ》られていたのである。

私たちがこのような会話に興じているあいだに、村の教会の釣鐘が遠くで鳴り響く音が聞こえてきた。私が耳にしたところによると、地主はクリスマスの朝になると必ず家族の人たちを教会に行かせるらしい。この日は感謝の念を捧げ、歓楽を享受すべきだと地主が考えているからに他ならない。これに関して、あの有名な詩人トマス・タサ*36が次のように謳《うた》っている。

クリスマスを迎えたら楽しみなさい、
そして神に感謝しなさい。
さらに貧しい隣人を招き入れなさい。
身分の高さ低さを問うことなく。

「もし、あなたが教会に行こうと考えているのであれば」と、フランク・ブレイスブリッジは言った。「そのときには、きっと従兄《いとこ》のサイモンの実力がどれほどのものなのか、お手並み拝見、ということになるでしょう。教会にはオルガンがないこともあって、マスター・サイモンは村の音楽好きの素人連中を集めて音楽隊を編成したんです。しかも、上達を目論んで音楽クラブまで創設しました。私の父が例の『田舎の娯楽』の著者ジャーバス・マーカムの指南に従って猟犬を分類した要領で、マスター・サイモンも合唱隊を編成したんですよ。すなわち、村の農夫のなかから低音を担当するバスは〈深みと重厚感のある声〉を持った者を残らず選出し、高い音域のテノールは〈高く響く声〉の男性を選んでおります。また、何とも妙な趣味なのですが、彼は〈甘い声〉の歌い手を近隣の村でとっても可愛らしいと評判の高い乙女たちのなかから選んでいます。ただしマスター・サイモンが言うには、各声部のテンポを合わせるのに最も厄介《やっかい》なのは、この乙女たちだというのです。歌唱担当の美しい乙女たちというもの、ずいぶんとわがままで気まぐれなところがあるので、とにかく面倒な事態を引き起こしがちなんですよ」。

この日の朝は霜《しも》が降りていたが、すこぶる良い天気に恵まれ清々《すがすが》しかった。だから、一家のほとんどの人たちは教会まで歩いて行った。その教会は灰色の石で造られた古い建築物で、庭園の門から半マイルほど離れた村の近くにあった。教会の隣には、低いが瀟洒《しょうしゃ》な牧師館があった。どうやら、それは教会と同じ頃に建てられたようだ。教会の正面は壁に這うように茂《しげ》ったイチイの木々で完璧に覆われ、その深緑の枝葉の隙間《すきま》から古びた小さな格子窓に陽射しが入り込んでいた。私たちが枝葉で覆われたこの建物の前を通り過ぎようとしたとき、牧師が出てきていきなり、私たちの先頭に立ったのである。

私は、生活ぶりのよい裕福な贔《ひい》屓《き》筋の多い近隣に小奇麗な住居を構えているとなれば、健康で血色がよい人物を想定していたのだが、実際にこの牧師を見てさすがに失望した。牧師は小柄でみすぼらしい、色黒の男であったからだ。しかも、あまりに大きな白髪まじりのカツラを被《かぶ》っていたために、それが両耳から突き出ており、まるで殻に収まった干からびたハシバミの実のように、彼の頭はカツラのなかで縮こまっているように見えた。彼は裾《すそ》幅の広い、色褪《あ》

せた外套《がいとう》を着ていたが、そのポケットは教会の聖書と祈禱書が入るほど大きかった。また、その小さな足は、大きなバックルが付いた大きめの靴に突っ込んだ状態なので、よりいっそう小さく見えた。

フランク・ブレイスブリッジの話だと、この牧師はオックスフォード大学在学時に地主と学友であったという縁もあり、地主がこの領地に戻ってきてすぐに、彼は今の仕事に就いたらしい。牧師はブラックレター字体で書かれた古書の完璧な蒐集家で、ローマ字の筆記体で書かれた最近の書籍にはほとんど目もくれない。とにかくウィリアム・キヤクストンとウィンキン・ド・ウォード＊37といった匠《たくみ》の印刷術を駆使した書物などが彼のお気に入りであった。かくして、しかるべき価値を有していないために忘却の彼方に追いやられた昔のイギリス人作家たちの文学をめぐって根気強く研究をつづけていたのである。その牧師はブレイスブリッジ氏の意を汲んで、まるで彼のお伽役《とぎやく》でもあるかのように、昔の祝祭行事や祭日の習慣などについても熱心に研究していた。ところが、彼は単に学問という名の下《もと》で、あらゆる研究分野に手当たり次第首を突っ込んで、積極的に取り組む生真面目な連中と同じで、それが賢者の高説であろうと、あるいは昔の卑猥《ひわい》、淫蕩《いんとう》をめぐる俗説であろうと、その本質に言及することはないのだ。彼はこれらの古書を鋭意努力して精読したので、その表情にも古書に漂う何かが反映されているように思われた。よく人の顔は心の内を表するものだと言われるが、まさにブラックレター字体で書かれた古書の目録が彼の顔にも表出していたのである。

われわれが教会の門の前に着くと、牧師が教会を飾る常緑樹の枝葉にヤドリギを交《ま》ぜ入れたと言って、白髪頭の堂守《どうもり》を叱責《しっせき》しているところであった。牧師の見解によれば、ヤドリギは古代ケルト民族の信仰の源であるドルイド教＊38の司祭が、その神秘に満

「われわれが教会の門の前に着くと、牧師が教会を飾る常緑樹の枝葉にヤドリギを交ぜ入れたと言って、白髪頭の堂守を叱責しているところであった」

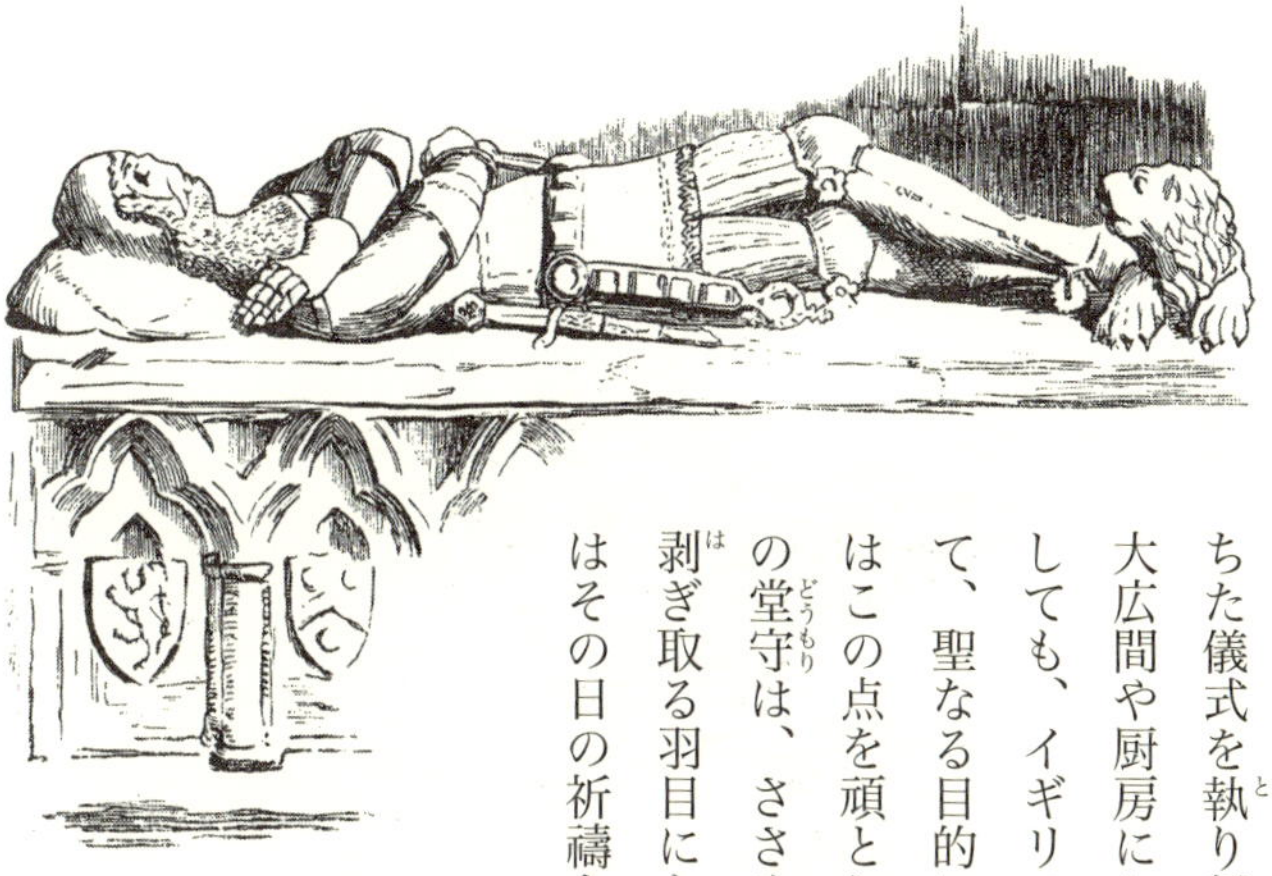

ちた儀式を執《と》り行う際に用いた不浄《ふじょう》の樹であるという。たとえ大広間や厨房における祝祭用の装飾として何心《なにごころ》なく利用するにしても、イギリス国教会の長老たちはこれを邪悪なものと捉えて、聖なる目的には絶対に適さないと考えていたようだ。牧師はこの点を頑として譲らなかったので、気の毒なことに、教区の堂守《どうもり》は、ささやかながらも美しく巧みに飾り立てた大部分を剥《は》ぎ取る羽目になってしまったのである。そうでないと、牧師はその日の祈禱をはじめないと言い張ったのだ。

　教会の内部は壮麗であるが質素な作りであった。壁にはブレイスブリッジ一家の功績を称《たた》える幾つかの顕彰品が掛けられており、祭壇のすぐ横には古い細工を施した墓があった。また、その上には、鎧《よろい》を身に着けた聖騎士の彫像が置かれてあった。聖騎

士の両脚は十字を形作るかのように組み合わされていたのだが、それはこの人物が十字軍のひとりであった証拠である。彼は聖地で武勲を立てたこの一家の一員で、大広間の暖炉の上に掲げてある肖像画と同一人物であった。
お祈りの最中、マスター・サイモンは座席に立ち上がって、大声で唱和を繰り返していた。これは旧派の紳士や旧家の一族によって、いわば伝統的な儀式が固く守られている証左なのだ。また、私はマスター・サイモンが周囲に見せび

らかすように、大仰《おおぎょう》な仕草《しぐさ》で、大部な二つ折り判の祈禱書を捲《めく》っているのが目に入った。たぶん、その指に輝く祖先伝来の至宝らしい印章付きの大きな指輪を近くにいる人たちに見せつけようと思ったのであろう。しかし、彼はこの儀式的な演奏には極めて真面目に取り組み、その視線をじっと合唱隊の演奏に注《そそ》ぎ続けていた。そして、大袈裟な身振りを交《まじ》え、小柄な体から気迫を漲《みなぎ》らせて調和を図っていたのである。

オーケストラの楽団は、この教会の狭い通廊に設けられていた。それは世にも奇妙な恰好をした集団であり、重なって層を成している楽団のなかでも、私の注意を真っ先に引いたのは村の仕立て屋の頭であった。この男は額《ひたい》と顎《あご》の辺りが窪《くぼ》んでおり、顔色は優れない様子で、楽団ではクラリネットを担当していたが、その顔を真ん中の一点に吹き集めているかのような形相《ぎょうそう》であった。もうひとりの男であるが、彼は背はそれほど高くなくて、ただ恰幅《かっぷく》が良いという感じだった。そして、バス・ヴィオラ*39という擦弦《さつげん》楽器の上に身を屈《かが》めて、何やら困惑した面持ちであったが、その禿頭は天辺が映《は》えて、まるでダチョウの卵のように見えた。女性の歌い手のなかには、二、三人の器量よしの娘さんたちも見受けられ、霜《しも》の降りた朝の冷たい空気が彼女たちの頬《ほお》を鮮《あざ》やかなバラ色に染

めていた。しかし、男性の合唱団の歌い手たちは、明らかに昔のクレモナ・ヴァイオリン*40のように容姿の美醜《びしゅう》ではなく、声の音色に応じて選ばれたのだが、一冊の楽譜を数人の歌い手が共有して歌うことになっていたという事情もあり、あたかも奇妙な人相の展示場の様相を呈していた。その光景は、田舎の墓石の上でときどき見かける愛らしい天使の一団にも似ていた。

オーケストラの通常の演奏は、すこぶる達者であったものの、歌い手の方は楽器よりもいくぶん遅れ気味

「オーケストラの楽団は、この教会の狭い通廊に設けられていた。それは世にも奇妙な恰好をした集団であった」

であった。続いて、まごついていたヴァイオリニストは、ときどき遅れた箇所を取り戻そうと、途方もなく早いテンポで楽譜の一部を飛ばしていたが、それは素敏《すばしこ》いキツネ狩りの猟師が獲物の最期を見届けようと杭《くい》を飛び越える様子に優《まさ》っていた。しかし、最も気になるのは、マスター・サイモンがアレンジした肝心の賛美歌の出来栄えであった。とにかく、彼はその成果に大きな期待を寄せていたのである。ところが不幸なことに、しょっぱなから早くも大失敗をやらかしてしまった。それによって、楽団のメンバーは狼狽《ろうばい》してしまい、マスター・サイモンは極度のパニック状態に陥ったのだ。それからというものは、万事に不規則な不具合が生じて、オーケストラの演奏も終わりに近づいて、いよいよ「いざ声を合わせて歌わんかな」の段となったが、これはオーケストラの解散の合図のようなものだった。すべてが不協和音と混乱の渦に巻き込まれていたのである。合唱団のそれぞれのメンバーが勝手に演奏を引き立てて、どうにか最後まで漕ぎ着けた、と言うよりは、できるだけ迅速に進行して幕引きまで辿り着いたと言った方が正しいかもしれない。ただし、そのなかには例外の人物がいた。それは角製《つの》のメガネを長い大きな鼻に挟み込んだ年老いた歌い手であった。たまたま自分の立ち位置が他のメンバーと

離れていたこともあり、いつしか自分の歌声に陶酔《とうすい》してしまい、震えるような声で歌い続け、首を振り、楽譜を横目でチラッと見ては、少なくとも三小節は鼻歌で独唱していたのである。

牧師はクリスマスの儀式や礼法について、極めて博識に満ちた説教をわれわれに垂《た》れた。つまり、クリスマスという日は単に神に感謝するだけに留まらず、歓楽としても意義のある日であると説き、この考えに正当性があることを立証するために、古きよき時代に行なわれていたイギリス国教会の慣習などを引いて縷々《るる》説明したのである。

さらに充分に理解してもらおうと、主教テオフィロス、聖キプリアン、聖クリソストムス、聖オーガスティン、その他の賢者や主教などの饒舌《じょうぜつ》な権威者たちの論説を引き合いに出して、そこから多くの引用を行なった。そこで、私は少々戸惑《とまど》ってしまった。すなわち、牧師がそのように論陣を張ることに対して異論を唱える者など誰一人としていないのに、いかなる必要があってこうした偉大な権威者たちの論説を引き合いに出してまで自説を貫こうとするのか。私はまもなくして、その理由を知った次第だが、この善良な牧

師には先の論点をめぐってじつに多くの仮想敵がいたのであった。そのような事情もあり、牧師はクリスマスの件に関して研究を進めている最中に、ピューリタン革命時代に端を発した宗教上の論争の渦中に完全に巻き込まれてしまっていたのである。台頭してきたピューリタンたちはイギリス国教会の儀式に対して猛烈な弾圧を加え、それにより気の毒にも国会の布告によってクリスマスは国外追放となってしまったのである*41。以上のように、この立派な牧師は過去に生きて、今の世情には疎《うと》い人物であった。

古びた小さな書斎に身を置いて虫の食った書物に埋もれていたせいか、この牧師にとってみれば、昔の書物は今日の新聞のような代物《しろもの》であって、ピューリタン革命と言えども、近代史上の出来事に過ぎないと思っているのだ。国中のミンスパイを徹底的に排除し、プラム入りのオートミール系のお粥を「旧教義の遺物」だと非難し、あるいはローストビーフはキリスト教的ではないと排斥して以来、すでに二世紀近くの時が流れているし、また王政復古を迎えて華やかな宮廷生活で彩られたチャールズ二世の治世になると、クリスマスの祝祭はふたたび勝ち誇ったかのように教会の祝日に加えられたが、この間の事情を彼はすっかり忘れてしまっていたのである。牧師は思わず自らの議論に夢中になり、議論を交《まじ》えなければならない仮想敵の大群を心に描いて興奮の絶頂にあったのだ。彼は老プリン*42や、すでに忘れられた二、三人のピューリタンの首領たちを相手にして、クリスマスの祝祭に関しての熾烈《しれつ》な論争を繰り広げていたのである。ところで、牧師はとても厳粛で感動的な雰囲気のなかで先祖伝来の伝統的な慣習に則《のっと》って、この楽しいイギリス国教会の記念祭に当たり、盛大に宴を催して享楽を極めようではないかと聴衆に向かって語りかけて、ようやくその説教を終えた。

　私は一場の説教がこれほど効果的で即効性を発揮した例を他に知らない。教会を出るとき、牧師の話を聴いて大いに鼓舞された会衆のどの顔を見ても、陽気な表情を浮かべて嬉しそうに見えた。年配の人たちは教会の構内に群れて集まり、互いに握手をして挨拶を交《かわ》していた。また、子供たちは「ユール！ユール！」と叫んで、今ひとつ趣《おもむき》に欠ける歌詞を繰り返し歌いながらはしゃぎまわっていた。折しも、そこにいた牧師が私に語ったところによると、あれは遠い昔から伝承されてきた歌だという。村人たちは地主がそこを通ると、被《かぶ》っていた帽子を取り、どの人も温《ぬく》もりを感じて幸せいっぱいの表情を浮かべながら時候の挨拶を述べ、地主は彼らにやさしく声をかける。それから冬の

寒さを凌《しの》ぐべく、地主の施《ほどこ》しを受けるために彼らは邸宅に招かれるのである。私は地主が何人かの貧しき民からも祝福を受けている場面に接して、このような享楽の最中《さなか》にあっても、地主は真のクリスマスの慈愛の精神を忘れない、じつに徳の高い人物であることが分かった。

帰宅の途中、溢れんばかりの慈善と幸福感が地主の心を満たしていたようだ。私たちが眺めのよい小高い丘を通り

過ぎようとしたとき、田舎の人たちの浮かれ騒ぐ陽気な声がときどき聞こえてきた。地主はちょっと立ち止まると、何とも言えぬ温和な表情で辺りを眺めわたした。この日の美しい情景を目にしているだけでも、慈愛の心を奮い立たせるのに充分であった。霜《しも》の降りた朝にもかかわらず、太陽は雲ひとつない大空を駆け抜けていくと、徐々に赤みを帯びて輝きを増し、うっすらと雪化粧した南の方のすべて

の崖の雪を溶かしていった。すると、時節は真冬であったが、イギリス特有の景色を彩る新緑の輝きが鮮《あざ》やかに映《は》えた。美しい新緑を湛《たた》えて穏やかに微笑《ほほえ》む広い野原とは対照的に、影深い山の坂道や窪地は眩《まばゆ》いばかりの白銀《しろがね》に染まった。強い陽射しが照りつけるすべての川の土手は露を含んで青々とした草のあいだを縫って輝きながら、そこには冷たく澄んだ白銀の川がたゆたい、かすかに靄《もや》がかかり、それが地上附近まで薄く立ち込めた霧のなかで混じり合った。たしかに、厳冬の霜の束縛を打ち破るかのように、冬の陽だまりのような暖かさと新緑の輝きは、じつに心地よいものであった。これこそが地主が言うように、虚礼と利己心の冷たさを打破して、あらゆる人の心に温い流露《りゅうろ》を感じさせる、いわばクリスマスを歓迎する気持ちの現れなのだ。地主は穏やかな農家や低い茅屋《ぼうおく》の煙突から上る煙を嬉々として指差して言った。「私はこの日の祝典の儀が、富める人も貧しき人も身分の隔《へだ》たりなく、しっかりと守られてきたことを喜んでいるんです。少なくとも一年のうちで、この一日に限って何処《いずこ》に在ろうとも必ず、もてなしの心に触れることができる。これは世の中が広く門戸を開けてくれるからなんです。それは何よりもありがたいことです。ですから、私はこの純真なクリスマスの祝典を排斥しようとする、甚《はなは》だ迷惑な無礼者がいれば、あのプア・ロビンに加担して呪いたいくらいです」。

「クリスマスに際して不平を洩《も》らし、
この祝日を排斥しようとする者は、
食すべきものを失い死すか、
あるいは、首斬りに捕らえられて死すべきだ」

地主はさらに言葉を続け、今日の実情を嘆《なげ》いた。昔であれば、この季節を迎えると、いろんな遊戯や娯楽が下層の民のあいだで盛んに行なわれていたという。しかも、それらは上流層の人たちにも奨励されて、当時の王城や荘園風の古い大広間を有する棟《むね》は日の出の頃になると開放され、食卓にはポーク、ビーフ、そして泡立ちの良いビールが並べられて、ハープの音色《ねいろ》とクリスマス・キャロルの歌声が一日中響きわたり、身分の差なく、みんな等しく歓迎されて楽しいひとときを過ごしていたのである。彼は続けて語る。「私たちの古い遊戯と田舎の慣習というものは、たとえば農夫が自分の家族を顧《かえり》みて家庭を大切にする上で絶大なる効果を持っているのです。また、有閑紳士諸君らがこれらの遊戯を奨励したことは、すなわち農夫の敬愛を一身に集めることができるからです。こうした遊戯はその時代をより活気ある愉快なものにし、そして、いっそうやさしい善良な心を息づかせたのです。そこで、私は次の古詩を紹介させていただきたいと思います」。

「私はこれらのものを愛する。
不思議なほど頑固に真面目に、
そして、たいそうな威厳を装《よそお》って、
こうした無邪気な遊戯を排斥しようとする者は、
古《いにしえ》の至誠の心を失うに等しいのだ」

地主の言葉はさらに続いた。「それにしても、イギリス国民は変わりました。私のところには、もう素朴で純真な農夫などはほとんどいなくなりました。彼らは上流階級とかけ離れた存在となり、利害関係にしても両者間で異なると思っているんです。それで、ますます多くの知識を得るようになると、彼らは新聞を読みだしたり、酒場での政治談議に耳を傾けたり、あるいは世直しの改革について語ったりするようになったのです。こんな世智辛い世の中で、農夫とうまく付き合う術《すべ》は貴族や有閑紳士階級の人たちが、この田舎の領地内でより多くの時間を彼らとの親睦《しんぼく》に費《つい》やして、昔のイギリスの遊戯を復興させるために尽力を傾けることだろうと思います」。

こうしたことを通して、この善良な地主は田舎の人々が抱える不平不満の類《たぐい》を軽減しようと目論《もくろ》んだのである。以前にも、実際に彼は自分の考えを実行に移そうとしたことがあった。数年前に、昔の慣習に従って休日に邸宅を開放したことがあったのだ。しかし、田舎の人たちは交歓の場において、いかに身を処せばよいか充分に承知していなかった。その結果、とんでもない事態を招くことになってしまい、この邸宅には田舎から得体の知れぬ多くの浮浪者たちがどっと押し寄せて来たり、巡回役人が一年かかっても

追い払えないほどの物乞いたちが、一週間もしないうちにその領地に集結したのである。それ以来、地主は近隣の裕福な農夫たちに限ってクリスマス当日に招待することにして、一方、貧しい農夫たちにはビーフ、パン、そしてビールなどを供《きょう》することで、それぞれが自分の住居で楽しめるようなひとときを提供したというわけである。

帰宅すると、まもなくして遠くから音楽の鼓動が聞こえてきた。上着をまとわず奇抜《きばつ》にシャツの袖《そで》をリボンで結び、帽子を緑枝で飾り立て、手にこん棒を握り締めた田舎の若者たちの楽団が、大勢《おおぜい》の

村人や農夫たちを従えて並木道を抜けてやってくるのが見えた。彼らは邸宅の門口《かどぐち》で立ち止まり、一風《いっぷう》変わった独特な調子の音楽を演奏しはじめたのである。若者たちは奇妙で複雑なダンス・ステップを踏みながら、一歩進んでは、一歩退《しりぞ》き、握っていたこん棒を打ち鳴らして音楽のテンポに小気味よく合わせていたが、一方では、キツネの皮を被《かぶ》った奇妙な男が尾を背中で翻《ひるがえ》しながら端の方で戯《たわむ》れて踊りまわり、いろんな昔風の振舞いを心がけて、クリスマスの贈り物の入った箱をカラカラと鳴らしていた。

地主は深い関心を抱き、嬉しい気分に浸《ひた》って、摩訶《まか》不思議なダンスの演出を眺めながら、私にこのダンスの由来について克明に語って聞かせてくれた。それによると、その歴史はイギリスがローマ人の支配下にあった時代にまで遡《さかのぼ》るという。すなわち、これが古来伝承の剣舞にまつわる正当な遺風であることを明確に解き明かしてくれたのだ。「その剣舞は衰退してしまい、今日では滅多に見ることはできないんですが、たまたま近隣で、この舞いの存在を知ったものですから、その復興を願って後押しした次第なんです。じつを申しますと、このあとに夕方近くになりますと、かなり荒っぽいこん棒の舞の儀が続きまして、状況によっては相手の頭を砕くような事故が起こらないとも限らないんです」。

ダンスが終わると、彼ら一行はポーク、ビーフ、そして自家製のビールなどをご馳走になり、地主本人も農夫たちのなかに入り込み、彼らから敬意に満ちたどこかぎこちない挨拶を受けて歓迎されていた。ビールのジョッキを口元に運ぼうとしていた二、三人の若い農夫たちは地主が背を向けると、ちょっとばかり顔を歪めて、お互いにちらりと目配せを交《か》わした。ところが、彼らは私と目が合うやいなや、ふいに真面目そうな顔つきをして何でもなかったかのように澄ました態度を取ったのである。また、マスター・サイモンと歓談する段になると話は別で、彼らはみな心地よく寛《くつろ》いでいる様子であった。マスター・サイモンは様々な仕事や娯楽に関わっていたので、この界隈《かいわい》ではつとに知られた存在なのだ。彼はすべての農家や過疎の村の家などを訪れては、農夫やその女将《おかみ》さん連中とゴシップ話に興じ、また、その娘さんたちを相手にダンスを披露《ひろう》するなど、まるで気ままな独身男の典型のような日々を謳歌《おうか》していたのである。それは、ミツバチが辺り一面を彩るすべてのバラの花から溢れる甘い蜜を吸い上げる様子にも似ていた。

ご馳走と手厚いもてなしを受けて、次第に客人たちの遠慮もなくなってしまった。下層の民が上流階級の人士たちの厚情や和《やわ》らいだ心に触れて感慨無量の境地に至ったときには、どこか

人間のもつ純真な魂が発露するものだ。陽気な浮かれ騒ぎのなかにも厚い感謝の念が浸透していれば、お偉方が何気なく発したやさしい言葉や、ささやかな戯言《ざれごと》であったとしても、それは油やワインにも優《まさ》り、彼らの心を喜ばせる効果がある。地主がその場を退《しりぞ》くと、宴はいよいよ盛り上がった。なかでも、マスター・サイモンと頑強そうに見える白髪頭で赤ら顔の農夫との絶妙な掛け合いは格別で、両者を囲んで大笑いが沸き起こり、賑《にぎ》やかな談笑が交《か》わされていた。どうやらこの農夫は村でも頓智《とんち》に長《た》けたひょうきん者として評判が高かったようだ。仲間たちがぽかんと口をあけて彼の当意即妙の返答を待ち受けていたところ、その意味も分からぬうちに場違いでたわいもない笑いが巻き起こった場面に、たまたま私は居合わせたのである。

たしかに、この邸宅全体が歓喜の流れるままに任せているかのような愉快さに満ちた状況になっていた。私が晩餐の身支度《みじたく》を整えるために自分の部屋に向かおうとしたとき、小さな庭園から音楽の調べが私の耳に忍び込んできた。それを眺めようと窓から顔を覗《のぞ》かせると、旅の楽団がパンの笛（古い管楽器）*43とタンブラン（長い太鼓）で演奏している光景が見られた。何人かの召使いたちが見ている前で、コケティッシュで可愛い召使いの女性が田舎の小粋な若者とジグ・ダンス*44を踊っていた。ダンスの最中であったが、窓から顔を出している私をチラリと一瞥《いちべつ》するなり、彼女の顔は紅色《べにいろ》に染まり、悪戯《いたずら》っぽく困惑したような素振《そぶ》りを見せて、どこかへ駆け出して行ったのだった。

The Christmas Dinner

⁂

第五章　クリスマス・ディナー

さあ、楽しいクリスマスの宴《うたげ》のときがきた。
みんなで愉快に楽しもうではないか。
どの部屋も蔦《つた》の葉で彩られ、どの柱も柊《ひいらぎ》の枝で飾り立てられている。
近隣のどの家の煙突からも煙が立ち上り、
クリスマス用の聖なる木材が燃え出し、
暖炉の上は焼かれた肉で塞がった。
すべての鉄串は回っている。
悲しみは門外へと、
悲しいあれこれが冷たくなって、
無くなったのであれば、クリスマスパイのなかに埋めればいい。
そして、景気よく陽気に楽しもうではないか。

——ジョージ・ウィザー[*45]の「クリスマス・キャロル」

私が身支度《みじたく》を済ませて、広々とした書斎にいるフランク・ブレイスブリッジとともに無為《むい》に時間を過ごしていると、遠くからカチカチとクリスマスを祝う拍子木《ひょうしぎ》の音が響

いてきた。これはクリスマス・ディナーへと案内する合図である、とフランク・ブレイスブリッジが教えてくれた。ところで、地主は大広間だけではなく厨房においても古い慣習を守らせていたので、料理人が食器棚を鉄串で叩いたならば、それは召使いに肉を運んできてもらうための合図となる。

この料理人はちょうどそのとき、
三度叩いた。
給仕たちは全員で、すぐにその
合図に応えた。
どの給仕たちも皿を手に持って、
まるで民兵隊のように勢いよく
前に進み出て、
その皿を差し出すと立ち去った。
——ジョン・サックリング*46

クリスマス・ディナーがこの邸宅の大広間で供されたが、そこは地主がきまってクリスマスの宴《うたげ》を催す場所であった。パチパチと音を立てて赤々と燃える薪木《まきぎ》ユールログが積み重ねてあったが、そこにはこの広い部屋を暖めるのに相当な分量の薪木が用意され、その燃えさかる炎は辺りに輝きを放ち、そして渦巻きながら広い煙突口を上っていった。あの十字軍の勇士と白馬が描かれた大きな絵画が、クリスマスを祝って夥《おびただ》しい柊《ひいらぎ》の枝葉で飾られていた。向い側の壁には、この勇士が身につけていた武器だと思われる剣と兜《かぶと》が掛けられ、その周りにも柊と蔦《つた》の枝葉が絡《から》みつけられていた。ついでながら申し上げれば、私はこの絵画と武器が本当にこの十字軍の勇士のものであるかどうか、その真偽《しんぎ》

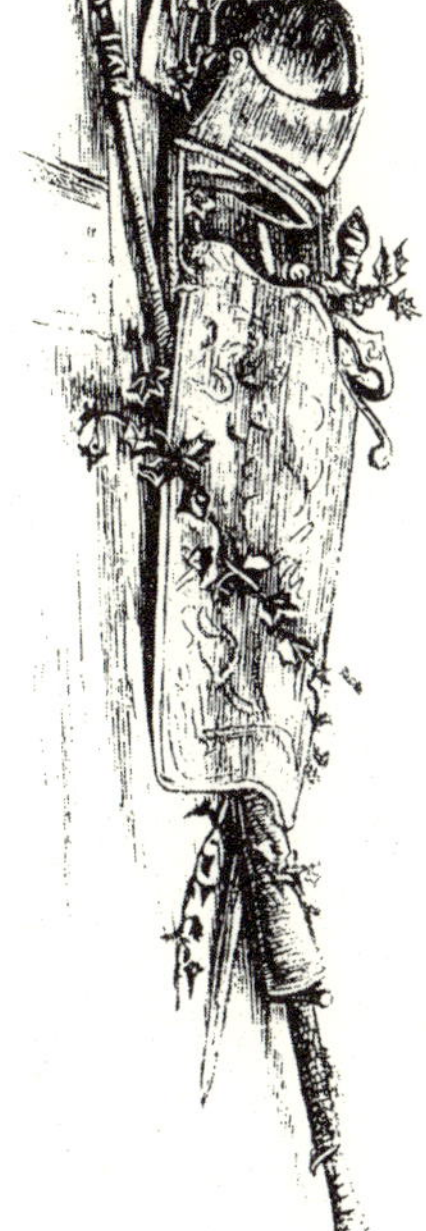

について大いに疑問を抱いている。というのは、これらには、明らかにもう少し後の時代のものであると推定される痕跡が認められたからだ。だが、話によると、この絵画は遥《はる》か大昔からそのように考えられていたようだし、また武器についても、地主がかつて物置部屋に保管されていたものを祖先の勇士の武器であるとただちに鑑定し、現在の飾り場所を確保して掛けられているのだそうだ。地主は邸宅におけるこうした諸々の件に関して全権を掌握していたので、件《くだん》の絵画と武器の由来については、誰もがそのようなものとして受けとめるより仕方なかったの

である。その騎士時代の戦利品が飾られているちょうど下には突き出た戸棚があり、その上に（少なくとも多種多様な）ベルシャザル王＊47の神殿を彩る陶器の展示室にも匹敵するような器類が揃えられていた。それらは「大きな酒瓶、金属製の大ジョッキ、カップ、広口の大杯、ゴブレット、水盤、広口の水差し」などである。そのいずれの品も代々続いた陽気な邸宅のご主人様たちによって長年にわたって少しずつ蒐集されてきたものである。こうした品々を前にして、クリスマス祝祭用の大きなキャンドルが二本立てられて、それが大きな二つの星のように燦然《さんぜん》と光り輝いていたが、その他の明かりも、それぞれの枝に付けられており、この部屋全体がまるで眩《まばゆ》い白銀《しろがね》の輝きを放つ極上の世界のように彩られていた。

私たちは音楽の響きに誘われてクリスマスの宴席に列した。あの老齢のハープ弾きは暖炉のそばの椅子に腰を下ろして、美しいメロディーを奏でるというよりも力強い演奏でその存在感を示していたと言った方がいいだろう。およそ、これほど善良で心豊かな人たちが顔を揃えたクリスマスの宴も珍しい。容姿の冴《さ》えない者であっても幸せそうな表情を浮かべており、なるほど何かしらの幸せを感じることこそが、人の仏頂面《ぶっちょうづら》を綻《ほころ》ば

「これほど善良で心豊かな人たちが顔を揃えたクリスマスの宴も珍しい」

せる稀《まれ》な特効薬のひとつなのだ。私はいつも思うのだが、イギリスの旧家というものにはハンス・ホルバイン*48の肖像画やアルブレヒト・デューラー*49の木版画のコレクションにも劣らぬほどの価値があるので、必然的に考察の格好の対象のひとつに成り得るのではないだろうか。そこには得るべき多くの好古的《こうこてき》な知識が集積しており、また、そうした古き時代の世相を反映する膨大な知識もあるのだ。これはおそらく次のような要因によるものではないだろうか。すなわち、イギリスの旧家ともなれば、その邸宅に保管されてある先祖代々の肖像画がすぐ目に付く壁面に絶えず飾られているので、たしかにこうした昔の人士たちの面影が極めて忠実に現在の家族の表情に投影されているのだろう。私は以前、絵画が掛けられた部屋で肖像画を見ていたとき、ある家族の一員の鼻の形が、ほとんどノルマン征服*50の時代から遺伝子として先祖代々連綿と受け継がれているのを認めて驚いたことがある。今、私の周辺にいる人たちに関しても、まさしくこれと同じである。大体

において、彼らの顔の造りは明らかにゴシック様式が隆盛を誇った頃まで遡及《そきゅう》し、その起源を辿《たど》ることができるのだが、じつは後世の肖像は単にその顔の様子を模したに過ぎないのである。そんななかにあって、ある少女の存在は特異であった。彼女は物静かな

態度だが、高い鷲鼻《わしばな》が目立つ古風で怪訝《けげん》そうな顔をしており、すべてにおいてブレイスブリッジ家特有の相貌を表わしていて、ヘンリー八世*51の宮廷で頭角を現した祖先のひとりに生き写しである、と地主は言うのだ。彼がこの少女を格別に寵愛《ちょうあい》するゆえんである。

牧師は食前の祈りを捧げた。それは一般に行なわれている当世風の形式ばらない短めの神に捧げる祈りではなく、昔風の長々しく優雅に、そして言

辞を弄《ろう》したものであった。祈りの後に、何かを期待させるかのような間があった。そのとき突然、どこか忙《せわ》しげな様子の執事が大広間に入ってきた。彼は銀皿を持っていたが、その上にはローズマリーで飾られ、レモンを口に挟んだ巨大な豚の頭部が載っていたのである*52。彼は両脇に大きなキャンドルを携《たずさ》えた

二人の召使いを従えていた。それらは厳粛な儀式に則《のっと》りテーブルの端に置かれた。この派手な行列《ページェント》が姿を現したと思ったら、その瞬間、ハープ弾きが突然に演奏をはじめたのだ。それが終わると、若いオックスフォード大学の学生は地主から何やら仄《ほの》めかされ、わざと真面目な表情を装《よそお》って昔のクリスマス・キャロルを歌いはじめたが、その最初の一節は次のような歌詞であった。

猪の頭を捧げ、
そして神に感謝します。
私は猪の頭を持ってきました。
美しい花とローズマリーを添えて、
歌人よ、楽しくともに歌おうではないか、
陽気な人となって。

私は地主の独特の趣味嗜好《しこう》についてあらかじめ知らされていたので、いずれこのような細々《こまごま》とした多くの奇抜《きばつ》な演出を拝見する機会があるだろうと思っていたが、正直に告白すると、奇妙なご馳走が大広間に運び込まれる行列《ぎょうれつ》には、さすがに度肝《どぎも》を抜かれた。ところで、地主と牧師が交《か》わした会話から新たな知見を得ることができたのだが、この行列は猪の頭部を運び入れる代わりに行なわれた儀式のようだ。かつては猪の頭は様々な儀式とかのゆかしき吟遊楽人の芸を見ながら、そして聖歌の歌声を聞きながら、クリスマスの当日に供されるご馳走であった。「私は昔なつかしい慣習が好きなんです」と地主は言った。「それは単に壮麗な趣《おもむき》を帯びて愉快であるだけではなく、私が教育を受けたオックスフォード大学でも敢行されていた慣習ですから。あのなつかしい古歌が歌われるのを聞くと、まだ若くて遊びに耽《ふけ》っていた頃と――オックスフォード大学の壮大で古めかしい大講堂《ホール》――大学で黒いガウンをまとって勉学に勤《いそ》しんでいた同窓生たちの姿がふと甦《よみがえ》ってくるのです。もっとも、今や、そのうちの多くの同窓生たちとは幽明境《ゆうめいさかい》を異にしていますが」。

一方、牧師はと言うと、地主のように遠い昔の思い出に苛《さいな》まれることもなく、いつも読書に没頭して探究心を満たしていたので、情緒に溺れ、流されることなどないのだ。

彼はオックスフォード大学の学生のクリスマス・キャロルの歌詞の解釈に異を唱え、それは大学で歌われるものと別物であると主張するのである。彼はつまらぬ批評家のような言葉を続け、いろんな注釈を交《まじ》えて大学風の読み方について縷々《るる》述べ立てた。最初の頃はそれこそ、広く一同に話しかけていたが、聴衆の関心が逸《そ》れて次第に他の雑談や事柄に向けられるのを見て、そして聞き手の数が減少するにつれて彼の話す声の調子は低くなり、仕舞《しまい》には隣席にいた間の抜けた様子の老人に小声で語りかけて話の風呂敷を結んだ。ところが、この老人ときたら、皿にたくさん盛られた七面鳥を黙々と食べることに夢中であったのだ。

食卓には文字通り豪華なご馳走がいっぱい盛られてあった。食料貯蔵室に旬の食材が溢れんばかりに揃うこの季節に、いかに田舎の食物が

豊かであるかを物語っていた。数ある食材のなかでも異彩を放つ重要な存在は、地主が言うところの「昔からのサーロインステーキ」であった。「これは昔のイギリスのおもてなしの標準の部類に入るものです。このステーキは素晴らしく、大いに期待できますよ」と地主は附言した。その他にも、明らかに伝統的な装飾を施《ほどこ》した奇妙な飾り皿が何枚か並べられていたが、それらはあまりに異様な形をしているので、どうにも好きになれず、またそれについてあえて尋ねるべき質問もなかった。

けれども、私はひとつの豪華な肉入りパイに自然と目が釘付けになった。それは孔雀《くじゃく》の優雅な尾羽を模して見事に飾り立てられ、食卓の大部分を覆うように置かれていた。地主がいささか躊躇《ちゅうちょ》して言うには、じつはこれはキジの肉パイと言って、本来であれば孔雀の肉を使用するのが最も正式な調理法であるが、この時期はその数が激減したので、孔雀を一羽たりとも殺すことができなかったことにその理由があるらしい。

私のように奇抜《きばつ》で時代遅れの事象に対する愚かな嗜好《しこう》を持ち合わせていないと思われるわが賢明なる読者の皆様にとっては、あくまでも古きよき時代の風変わりの慣わしの跡を辿《たど》ろうと意気込んでいる立派な地主の工夫を凝《こ》らした趣向を活写したところで、さぞかしご退屈であろう。とはいうものの、私は地主の子供たちや親類縁者が彼の気まぐれな癖に敬意を払っているのを見て嬉しく感じた。もっとも、彼らは地主の繰り出す趣向を幾度となく目の当たりにしているため、容易にその精神世界に入り込んで、深く精通しているように思われた。また、いかなる奇行といえども、じつに厳《おごそ》かな雰囲気を醸《かも》して執事や召使いたちがその役目を果たすものだから、見ているとやはり愉快な気分になるものだ。彼らのほとんどがこの邸宅で育ったこともあり、なるほど、どの人たちも古風な顔立ちをしていたし、この古風な邸宅と地主の気分に照らし合わせて生活することに慣れていたので、地主の突飛な意向であったとしても、おそらくそれらはすべて由緒《ゆいしょ》ある邸宅の家訓と見なされていたのだろう。

テーブルクロスが取り払われると、執事は奇妙な細工が施された大きな銀の深鉢を運び入れて、それを地主の目の前に置いた。これはクリスマスの宴饗《えんきょう》を盛り上げるためのもので、広く世に知られたワッセイルの大杯[*53]と呼ばれる祝いの大きな深鉢であった。それが運び込まれると周りから自然と拍手喝采が沸き起こった。そのなか

には地主自らが采配を振るって調合した飲み物が入っていたが、深鉢の中身の調合には熟練の技を必要とすることもあり、これはとりわけ地主の自慢するところであった。このことは一般の召使いにはなかなか理解できないほど奥の深い絶妙な技を要する、と地主は言い張った。たしかに、この香料入りの強いエールは世の愛飲家の心をときめかせずにはおかないもので、最も芳醇《ほうじゅん》で風味のあるワインを加えて醸造され、しかもスパイスも利いて甘味も添えられていた。そして、その表面には焼き林檎《りんご》がぷかぷかと浮いていたのだ。

この大きな深鉢の中身をかき混ぜるときの老いた地主の穏やかな表情には、嬉々とした輝きが窺《うかが》えた。地主はそれを唇の高さまで持ち上げて、一座の人たちに向かって心の底からクリスマスの宴《うたげ》の祝辞を述べると、食卓をめぐり溢れんばかりに盛られた杯を交《かわ》わした。すると、古い慣習に従って、それぞれの客人は地主の例に倣《なら》ったのである。地主は、「昔ながらの良き感情が湧き出る泉のなかに、皆さんの一人ひとりのお心が共に繋がれるのです」。

この厳《おごそ》かなクリスマスの宴の歓喜の象徴である祝いの杯が食卓を一巡すると、楽しい

笑いと戯《たわむ》れで、その宴の場が彩られた。ご婦人たちはどこか決まりが悪そうな顔をして、そっと唇を杯に付けた。祝いの杯がようやくマスター・サイモンに回ってくると、彼はその杯を両手に持って高く掲げ、ひょうきんな仕草《しぐさ》でワッセイル・ソングという酒宴の古歌を歌いはじめた。

ワイン入りの大杯よ、
心地よいワイン入りの大杯よ、

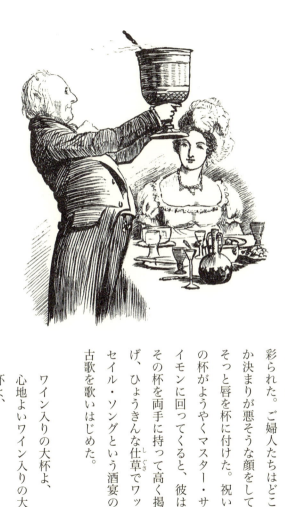

祝宴の食卓でこの大杯が回ってきたら、
注《そそ》げよ、
そして、なおも注げよ、
世の人は気ままに言う、
飲めよ、その腹を満たすまで。

深鉢よ、
心地よいワイン入りの深鉢よ、
あなたが気分よく振舞うとき、
歌えよ、
踊れよ、
王様のように愉快に振舞うがよい、
機嫌よく声高々に笑うがよい。

クリスマス・ディナーの席上で交《かわ》わされた歓談の多くは、私にとって未知であるこのブレイスブリッジ家についての話題に集中した。一方、マスター・サイモンが、ある陽気な未亡人に秋波を送って戯言《ざれごと》を囁《ささや》いていると、周りからその不《ふ》埒《らち》な戯《たわむ》れを見《み》咎《とが》められていた。初めのうちは、ご婦人たちの攻撃的な鋭い眼差しと言葉が投げつけられていたが、続けて攻撃を仕掛けたのは牧師の隣席にいたちょっとどこか間の抜けたような風采の老人であった。彼は遅足の猟犬の倦《う》まざる根気をもって、クリスマス・ディナーが終わるまで苛烈な攻撃を止めなかったのである。この老人は冗漫《じょうまん》な洒落《しゃれ》を放つタイプの男

で、狩りをはじめるのは遅いが、獲物を狙ってものにすることにかけては比類なき才能を発揮して、食卓での客人たちの歓談が途切れるごとに大して変わり映《ば》えもしないような戯言を繰り返し投げかけていた。それがマスター・サイモンの痛いところを突いたと思うと、しきりに両目で私に目配せをしてきた。たしかに、マスター・サイモンは頽齢《たいれい》の独身男の例

にもれず、その手の話題でからかわれるのが嫌なわけではなかった。折を見て私に小声で語ったところによると、今般、話題に上った女性は極めて派手好みなところがあり、彼女はいつも二頭立ての二輪幌馬車に乗ってやって来るというのだ。

クリスマス・ディナーのひとときは、客人たちがこのようなたわいもない愉快な話に興じて過ぎていった。この古風な大広間では、その昔、宴《うたげ》の賑《にぎ》やかな声が今よりも高く歓喜の雄叫《おたけ》びとなって響きわたっていたことだろうが、果たして、これほど清らかで心の奥から溢れる歓喜に満たされた光景を眺めることができたかどうかは、いささか疑問である。慈善家であれば、周囲を楽しい気分にさせることくらいは容易であるし、やさしい心は歓楽の泉にして、いかに忠実に周囲のあらゆる些事《さじ》に生彩を吹き込んで微笑を誘うことであろうか。この立派な地主の楽天的な気質には、周囲の客人たちを自分と同じような愉快な気分に誘《いざな》う力があった。つまり、自分が幸せな境地に浸《ひた》っているので、世間一般の人々にも等しく幸せな気分を味わってもらいたいと思うのである。その変節漢の気質についてだが、それはある意味で、博愛精神から放たれる甘い芳香《ほうこう》のようなものではないだろうか。

女性の客人たちが退《しりぞ》くと、例によって歓談はいよいよ活気を帯びてきて、食卓で思いついたことでも、およそご婦人たちの耳には入れたくないような、いろんなおかしな話が思わず各人の口を衝《つ》いて出た。多くの機智に富んだ痛快な話が語り尽くされたとはにわかに断言し難いが、少なくとも、いかにその手の話の達人といえども、これほどの笑いを巻き起こすことなど到底できないような、たくさんの面白い話を聞くことができた。結局のところ、機智というものは非常に激しく刺激性が強い属性を持ち、その上、酸味も強いので、人によってはその胃袋に適さないこともある。しかし、たわいもないユーモアは宴席の客人を等しく喜ばせる潤滑油であり、いわばワインのような特性がある。したがって、洒落《しゃれ》話が少なく、絶えず笑い声に包まれた宴席ほど心地よいものはない。

やがて地主は大学に在籍していた頃のいろんな悪戯《いたずら》やエピソードについて長々と語って聞かせてくれた。そのなかのいくつかの事柄には牧師も関わっていた。もっとも、今の牧師の風貌を目の当たりにしていると、あのように痩せ細った暗愚《あんぐ》な人物が、どうして無鉄砲な浮かれ騒ぎを引き起こす仲間のひとりであったのか、それを想像するのはなかなか難しい。たしかに、大学の同窓であったこの二人のその後の生きざまを見ていると、大きく運命を分けて、まったく異なった人生を歩む典型のように思えてならない。地主は大学を卒業すると、ただちに先祖伝来の広

大な領地を引き継ぎ、そこで活力に満ちた潤《うるお》いのある生活を営み、そして幸福と繁栄を享受して、今は大らかで豊かな老境を迎えている。これに反して、悲しいかな、牧師の方は今や寂しい陰気な書斎に引きこもり、埃《ほこり》に塗《まみ》れた書籍に埋もれて気息奄々《きそくえんえん》としているのである。それでも、消えかかった情熱の炎は彼の魂の奥底で微《ほの》かに輝いているように思われた。地主は、その昔、自分たちがアイシス（テムズ川上流部）の河岸で出会った可憐な乳搾りの娘と牧師の艶福話《えんぷくばなし》について仄《ほの》めかすと、牧師は意味深長な表情を浮かべた。私が察するところ、どうやらその表情はこみ上げてくる笑いをしきりに堪《こら》えている様子であった。そういえば、たしかに若かりし頃の艶事《つやごと》を吹聴《ふいちょう》され、機嫌を損《そこ》ねて怒りをあらわにした老人にはほとんどお目にかかったことがない。

ワインとワッセイルの祝酒《いわいざけ》の勢いで、祝宴の真っ只中にいる人々の真摯で冷静な分別心はすっかり鈍ってしまったようだ。事実、客人の放つ洒落《しゃれ》話が徐々に怪しくなっていくにつれて、宴《うたげ》の席はいっそう賑《にぎ》やかさを増し、それに笑い声も重なり大きく弾《はじ》けた。するとマスター・サイモンは、あたかも霧に濡れたバッタが鳴くような調子で機嫌よく歌い出した。その古い歌はますます陽気な調子を帯びるようになったが、例の未亡人の話に及ぶと、つい感傷的な口調になってしまうのである。彼は未亡人を口説《くど》こうと思い、長い歌を歌いはじめたが、それは「キューピッドに愛を懇願する者」と題した素晴らしい古書から抜粋したものであった。しかも、それには独り者にとって有益な知見が盛り込まれているので、私に貸してもよいと約束してくれた。ちなみに、第一節は次のような歌詞ではじまる。

後家《ごけ》を口説こうとする者は躊躇《ためら》うべからず。
日の照る間に事を終えよ。
先様のご機嫌など気にとめることはない。
勇気を出して言いたまえ、あなたは我がもの
だと。

この歌はあの間の抜けた老紳士を鼓舞した。彼はジョー・ミラー[*54]の作品から、この宴《うたげ》の場にふ

さわしいと思われるやや露骨な話を抜き出して何度か語ろうと試みたのだが、いつも途中でつかえてしまうのだ。そうなると、そばにいる人たちはそれを知っているので、どうしても思い出せないのは語っている本人ばかりなり、ということになる。牧師にも美味しいご馳走と酒の効果が表れたのか、次第に目が虚《うつ》ろになり、やがて睡魔が襲ってきて、カツラは何とも怪しげに片方に傾いた。私たちが客間に案内されたのは、ちょうどそのときであった。どうやら、これは地主の小粋な計《はか》らいであったようだ。たしかに、彼は愉快なことを大いに好むけれど、客人に対しては礼節を尊《とうと》ぶように心掛けていたのだ。

クリスマス・ディナーのテーブルが片付けられると、一家の若い人たちがその大広間を譲り受けた。するとまもなくして、地主の息子のオックスフォード大生とマスター・サイモンが先導して、飲めや歌えやのどんちゃん騒ぎが繰り広げられたのである。彼らが飛んだり跳ねたりして滅茶苦茶な騒ぎに興ずるものだから、大広間の古い四方の壁はその猛々《たけだけ》しい歓喜の響きで心なしか揺れた。私は子供たちの元気いっぱいの遊戯の様子を眺めているのが好きだった。とりわけ楽しいクリスマスのこの時節ともなれば、なおさらである。子供たちの愉快にはしゃぐ笑い声が聞こえてきたので、思わず客間からそっと抜け出て、その光景を眺めたくなった。彼らは目隠し遊びに興じていたが、この遊びの目隠し鬼の役はマスター・サイモンで、彼は身分の高い者の席に道化を座らせる君主の遊びとして昔から知られた「無礼講の君主」の役をいかなる場合でも買って出て務めているらしい。だから、今回もマスター・サイモンは目隠しをされた状態で大広間の真ん中に坐して、この遊びに興じていたのである。子供たちがマスター・サイモンの周りを忙《せわ》しげに飛び回る様子は、あたかもフォルスタッフをめぐるおどけた妖精の振舞いのように思えて愉快であった。ときどき、つねってみたり、外套《がいとう》の裾《すそ》を引っぱったり、あるいは藁《わら》を使ってくすぐったりして楽しんでいたのだ。ところで、その場には十三歳ぐらいの年頃の青い目の綺麗な少女がいたが、彼女は亜麻色の髪の毛を美しく振り乱し、また陽気で悪戯《いたずら》っぽい顔を上気させ、さらに昔の正装フロックコートを肩の中程まで引き下ろし、完璧にお祭り騒ぎの雰囲気に馴染んで、まさにこの遊戯の中心的人物の典型の役を演じていた。マスター・サイモンが狡猾な小さな獲物である子供たちを避けて、このお転婆の少女を大広間の隅々《すみずみ》に追いやり、キャーキャーと叫び声を上げさせながら

椅子を飛び越し戯《たわむ》れている様子を眺めていると、どうやら彼は身勝手な都合で目隠しをしているのではないだろうかと、私には思えた。
　客間に戻ってみると、客人一同が暖炉の周りに坐して牧師の話に耳を澄ませているところであった。牧師は背の高い樫《かし》の椅子に深く埋もれるような格好で腰を下ろしていたが、こ

の椅子は古きよき時代の匠《たくみ》の技によって作られたもので、彼への特別の便宜《べんぎ》のもとに図書室から運び込まれたものなのだ。黒い影のような容姿に加えて黒ずんで干からびた顔の牧師を包み込む雰囲気は、この古風な椅子の趣《おもむき》に極めてふさわしかった。そんななかで、彼はこの近隣で昔から語り継がれてきた迷信話や伝説などの珍しい話を語りはじめたのである。もっとも、この種の知見は彼が古物研究から得たもので、私には彼自身もどこか迷信的な気配を帯びているように思えて仕方なかった。この牧師のように、近隣の辺鄙《へんぴ》なところに住んで、もっぱら驚異

的、あるいは超自然的な事象が満載されているブラックレター字体で書かれた古書に没頭して学究的な生活を送ることを旨《むね》としている隠遁者《いんとんしゃ》には、よく見られる傾向であった。ところで、彼は教会の祭壇の脇に置かれた墓碑の上に据えてある十字軍の騎士像にまつわる近隣の農夫を巻き込んだ話に及んだが、そのなかにはいくつかの不思議な話が盛り込まれていた。この騎士像は近隣で唯一の記念像ということもあって、村の女将《おかみ》さん連中からはいつも信心深く崇《あが》められており、何でも、とくに雷を伴った嵐の夜ともなれば、この騎士像が墓から離れて教会の敷地の周囲を彷徨《ほうこう》するというのだ。この教会の敷地に隣接する家に住んでいたひとりの老婆は、この騎士像が月の輝く晩に側廊を歩き回っているところを教会の窓越しに眺めていたことがあるらしい。故人となった者の生前の悪事や不正などが正されないままなのか、あるいは財宝がどこかに隠されているのか、いずれにしても猜疑心《さいぎしん》で懊悩《おうのう》する霊魂がこの世にまだ浮遊しているというのである。ある者の話によれば、墓のなかには金銀財宝が埋められているので、その霊魂は不寝番をしているのだという。また、今も信じられている迷信がある。それはその昔、真夜中に堂守《どうもり》のひとりが棺桶を壊して内部に押し入ろうとしたとき、あと一歩というところで、この大理石の騎士像の強烈な一撃を食らって気絶し、地面になぎ倒されたという話である。こうした薄気味悪い話を聞いても、気丈《きじょう》な農夫たちはそんなことに怯《おび》えるのは軟弱者だと嘲笑したが、それでもやはり夜になると、いかに頑固な懐疑主義者であっても、その多くはひとりで墓の脇道を通り抜けることを恐れたのだ。

　こうした話を含めて引き続いて語られたあらゆる迷

信から推察する限り、どうやらこの近隣に知れわたっていた怪談のなかで、人々のお気に入りの主人公は十字軍の騎士のように思われる。大広間の壁に掲げられたその騎士の肖像画には、どこか超自然的な趣《おもむき》があると召使いたちに思われていた。というのは、大広間のどの場所にいても、この騎士の視線を感じるというのだ。この邸宅の守衛の女房はここで生まれて育ち、お抱えの召使いのなかでも、とりわけゴシップ好きであったが、その彼女も若かりし頃にはそのような話をよく耳にしていたようだ。たとえば真夏の夕刻になると、悪鬼《あっき》や妖精といったすべての幽霊たちが外を徘徊するのだが、このようなときに十字軍の騎士は例の肖像画から抜け出して馬に跨《また》がり、この邸宅の周囲を駆け回ると、大通りに出て並木道を下り墓に向かうために教会を目指すというのだ。そうした場合、教会の門は彼のために自ずと、恭《うやうや》しく開くのだが、無論、幽霊にはそんなことは関係ない。つまり、騎士の幽霊は門が閉じていても、あるいは石の壁であったとしても容易に飛び越えることができるからである。事実、ひとりの乳搾りの娘は幽霊がその身を紙のような薄くぺらぺらにして、広い庭園にある二本の門柱の間を通り過ぎるところを目撃したというのである。

地主はこうしたすべての迷信にまつわる話を聞いて、大いに結構だと思っていたようだが、彼自身は迷信を信じるようなタイプではなかった。それでも、他人がそんな他愛もない迷信に悩まされているのを見るのはとても愉快に感じているように思えた。

地主は、近隣で話題に上ったどんな怪談にも真剣な面持ちで耳を傾けていたのである。ところで、守衛の女房にこの種の不思議な話を語らせたらその右に出るものが無いらしく、どうやら彼女は地主のお気に入りの存在であったようだ。地主自身は昔の伝説やロマンスの愛読者であるがゆえに、こうした話を信じることができないことを嘆《なげ》いていたほどである。つまり、迷信を信じる人たちは、いわば神仙の国にでも住んでいるような輩《やから》なのだろうと、彼は思っていたのである。

牧師の話に夢中になって聞き入っていたとき、突然、大広間で異様な雑音が鳴り響き、私たちの耳に届いた。その雑音のなかには、昔の吟遊詩人の歌曲を思わせる声の響きとともに、たくさんの子供たちの賑《にぎ》やかにはしゃぐ声や少女たちの無邪気な笑い声が入り交《まじ》っていた。すると、唐突に扉が押し開かれたと思ったら、神仙の国の宮廷から間違って飛び出てきたような一隊が室内に闖入《ちんにゅう》してきたのだ。疲れ知らずのマスター・サイモンは、「無礼講の君主」の役目を忠実に果たすために、クリスマスの仮面を被《かぶ》った道化劇のアイディアを取り入れ、その相棒役として飛んだり跳ねたりして興じる愉快な場面にふさわしいと思われるオックスフォード大生と若い士官に声をかけ、嬉々としてすぐさまその準備に取り掛かったのである。まず老女中と相談して、古い衣装棚や衣裳部屋を引っかきまわし、何世紀ものあいだ、陽の目を見ることなく仕舞い込まれたままの衣装を引きずり出してきた。それから、客間や大広間にいる一同のなかから若い連中をそっと連れてくるなり、早速、昔のバーレスク風の仮面劇*55を模して着飾らせたのである。

マスター・サイモンは「昔なつかしいクリスマス」の登場人物に扮し、例の老女中のまとっていた衣装に細部まで似せて襞襟《ひだえり》の付いた短衣という奇妙な出で立ちで先陣を切って現れた。また、明らかに十七世紀のカヴェナンターズ（長老主義の支持を盟約したスコットランドの勢力）の時代に一世を風靡《ふうび》したと思われる先の尖った帽子を被っていたが、それは村の尖塔としても役立ちそうな格好であった。帽子の下から覗《のぞ》く鼻は大胆に反《そ》り返って突き出ており、霜に降られた花のように赤くかじかんで、まるで十二月に吹き荒れる寒風の分捕り品のようだった。続いて登場したのは青い目をしたお転婆娘であったが、彼女は「ミンスパイの御婦人」のような奇抜《きばつ》な装《よそお》いで衆目を集め、色褪《あ》せたブロケードと呼ばれる絹織物に長めの胸飾りを施《ほどこ》し、尖った帽子を被《かぶ》って、さらに踵《かかと》の高い靴を履いていたのでひときわ目立っていた。あの若い士官はロビン・フッドに扮して現れ、ケンダル・グリーンという緑色の狩り衣を肩に掛けて金色のタッセル（飾り房）が付いた頭巾《ずきん》を頭の上に載せていた。

この衣装は厳密な考証に基づいて仕立てられたものではなく、年頃の男子であれば当然であろうが、どうやら意中の女性の視線を意識して、恰好よく見せてやろうとす

る魂胆《こんたん》が窺《うかが》えた。一方、美しいジュリアはロビンを一途に想う可憐なお嬢さん「マリアン」に扮し、田舎風だが可愛いドレスを身に着けて、若い士官の腕に凭《もた》れて登場した。続く仮装行列でも、みんな思いおもいの衣装に工夫を凝《こ》らして、この場を盛り上げていた。娘たちはブレイスブリッジ家の血脈の系譜に連なる遥《はる》か昔の麗人の晴れ着をまとい、若い男連中は、焼けたコルクを使って細めの口髭《くちひげ》を描き、幅広の裾《すそ》と長めの袖《そで》の衣装を着込んで、しかも縮れ毛が垂《た》れ

「続く仮装行列でも、みんな思いおもいの衣装に工夫を凝らして、この場を盛り上げていた」

下がったフルボトムと呼ばれる儀式用のカツラを厳《おごそ》かな面持ちで被《かぶ》り、ローストビーフやプラグ・プディング、その他の昔の仮面舞踏劇の有名な登場人物に扮して楽しんでいた。仮装した一同全員は、「無礼講の君主」の役に適任であるオックスフォード大生の指揮下にあったが、私は彼がしなやかな杖を振りかざして、この仮装行列のなかでもぎこちない動きをしている配下の者に対して、ずいぶんと意地悪な仕打ちをしているところを目撃した。

この仮装混成団を形成する連中は、古来の慣習に従って太鼓を叩きながら大いに盛り上がり、宴《うたげ》は歓声や喧騒のなか最高潮に達した。「昔なつかしいクリスマス」の役を演じるマスター・サイモンは、堂々として凛《りん》とした態度を崩さず満座の称賛を一身に集めていた。彼は滑稽な風情《ふぜい》が漂う絶世の美女「ミンスパイのご婦人」とメヌエットを踊り、続いて、仮装者全員がダンスの場に立ったが、私はその様子を眺めていると、それぞれ

の衣装が多種多様なために、あたかも先祖代々の肖像が額縁から飛び出てきて、この宴《うたげ》に加わっているかのような錯覚に見舞われた。すなわち、それぞれの世紀に活躍した人たちが右に左にと、お互いに手を組んでダンスを楽しんだり、そうかと思うと、ヨーロッパ中世期の暗黒時代の人たちがピルエット*56と呼ばれる爪先を軸にして、回転するダンスやリゴドンという二人で踊るダンスに興じていたのだ。またエリザベス女王の時代の人物に扮した仮装者たちが、次世代の仮装者たちの列をすり抜けて愉快に大広間の真ん中で乱舞していた。

地主は、こうした愉快な娯楽や古いダンスの復権を期し、まるで無邪気な子供のように嬉々としてその光景をじっと見つめていた。彼は両手をこすり、口

元に笑《え》みを浮かべて佇《たたず》み、牧師の言葉には一切耳を傾けようとはしなかった。牧師はと言えば、パオンと呼ばれる古風で重厚な趣《おもむき》のある孔雀《くじゃく》の舞は、メヌエットにその源泉を求めることができると、大そう真面目な顔で蘊蓄《うんちく》のあるところを披露《ひろう》していた。私自身は、面前で次から次へと陽気に気まぐれに展開する無邪気な遊戯の光景を眺めては、ただただ興奮するばかりであった。こんな厳冬の陰鬱な寒さのなかにあって、貴賤《きせん》の別なく入り乱れての派手な浮かれ騒ぎ、また心温まるもてなし、さらに年老いた人たちがこのような宴の流れに距離を置いて無関心ではいられずに、思わず若い頃の新鮮な気持ちを思い起こして興じている様子を目にすると、心が和《なご》み励まされる思いがした。こうした消えゆく古きよき慣習が、すぐに忘却の彼方に沈み込んでしまうことを思うにつけ、イギリスにおいて昔ながらの慣習を厳格に守っていくのは、おそらくこの邸宅の一族だけだろうと思い、目の前の光景を見て心からいとおしく思った次第だ。大広間では一種独特の風雅《ふうが》な趣《ま》が交じり合った古風な宴が万端にわたって展開されていた。しかも、今宵《こよい》の宴にふさわしい場所と時間が選ばれていた上、この古い貴族風の邸宅は歓喜の声に満ち溢れ、ワッセイルの祝酒《いわいざけ》に酔い潰《つぶ》れて揺れ動かんばかりであった。こうした光景を眺めていると、あたかも過ぎし昔の酒宴の喧騒《けんそう》に呼び戻されたかのようだった。

しかし、クリスマスや浮かれ騒ぎの宴《うたげ》についてはもはや話も尽き、私の饒舌《じょうぜつ》な語《かた》らいにも終止符を打たなければならないときがきた。まじめな読者からこんな質問が寄せられるかも知れない。「ところで、縷々《るる》述べられたこれらの話の真意は

どこにあるのか。こうした話を聞いたからと言って、果たして役立つ知恵が身につくのか」と。なるほど、そうなると、有益な知識を世の中に広めていくためには、もっと多くの賢者たちの叡智が必要となるのではないだろうか。たとえそうでなくとも、私より秀《ひい》でた幾千もの作家たちが鋭意努力しているではないか。——知識を教えるよりも人を楽しませる方が愉快である——私はひとりの教師でいるよりもひとりの友人となる方がいいと思う。

結局のところ、私が世の中の知識の集積に貢献できたとすれば、それはあくまでもほんのわずかなことに過ぎないし、私の賢人ぶった推論が他者の考えの指南として有用であったかどうかも確信がもてない。もっとも、娯楽を志向して書いたものであれば、たとえそれが読者の皆様のお口に合わなくとも、私ひとりがその誹《そし》りを忍べば済むことである。そこで思うのだが、果たして降って湧いたような僥倖《ぎょうこう》であったとしても、この世智辛い世の中にあって、眉間《みけん》に寄った皺《しわ》を伸ばし、あるいは胸に重く伸《の》し掛かった辛い思いを一瞬でも癒《いや》すことができないものだろうかと。もしものことだが、私の書いた文章が厭世《えんせい》的な人の心の襞《ひだ》を揺らし、そして人の心の内にある博愛的な心情を駆り立て、わが読者の皆様はもとより、その朋友知己《ほうゆうちき》の気分まで昂揚させることができたのであれば、私の書いたものは、まんざら無意味でもないだろう。

解説

この本はアメリカ・ロマン派文壇の寵児と謳われたワシントン・アーヴィング（Washington Irving, 1783-1859）の不滅の名作『スケッチ・ブック』（*The Sketch Book of Geoffrey Crayon, Gent.*,1819-1820）のなかから古きよき時代のクリスマス文化の面影をそのままとどめている五篇の珠玉の物語を選出して構成したものであり、物語の語り手ジョフリー・クレヨンのブレイスブリッジ邸訪問とそれに纏《まつ》わるクリスマス・エピソードや折々の感慨についてオムニバス形式で綴《つづ》る古典クリスマス本の決定版と呼ぶにふさわしい一冊である。

さて、本書の著者であるワシントン・アーヴィングの文学的軌跡を駆け足で辿《たど》ってみたい。彼は一八〇二年十月に兄のピーター・アーヴィングと『モーニング・クロニクル』紙（*The Morning Chronicle*）を発刊し、翌月十五日には「紳士ジョナサン・オールドスタイルの手紙」("Letters of Jonathan Oldstyle, Gent.") が同紙に掲載された。いわば、これが作家としてのアーヴィングの出発点である。ヨーロッパへの文学修行旅行に先立って執筆されたオールドスタイルの一連の手紙は翌一八〇三年四月二十三日まで継続した。さらに、この年に兄ピーターが創刊した『コレクター』紙(*The Corrector*)にも、アーヴィングは同様の寄稿を行なっている。一八〇七年には長兄ウィリアムとワシントン・アーヴィングおよび友人のジェイムズ・K・ポールディングによって『サルマガンディ』誌(*Salmagundi*)が発刊されている。

一八〇九年十二月六日に発刊された『ニューヨーク史』(*A History of New York*)は、著名な政治家であり、医師としても評判を得ていたサムエル・L・ミッチィルの『ニューヨークの姿』(*The Picture of New York*, 1807)をパロディー化したものであることが知られている。『サルマガンディ』誌と同様に、アーヴィングがニューヨークの読者に向けて書いた滑稽味溢れる歴史本であることに相違ない。『ニューヨーク史』は、それまでの各種の新聞への寄稿や雑誌の発行とは趣《おもむき》を異にして、アーヴィングが本格的に執筆活動を開始した最初期の著作であり、そこに描写されている対象も当時の社交界の流行や演劇界の作品批評といった狭い世界からニューヨーク社会全体へと拡大されていた。しかし、これは、いわゆる正規の歴史書の範疇に入るものではなく、植民地時代より当時に至るまでのニューヨークにかかわる政治的、あるいは社会的な重要人物のカリカチュア的な叙述を中心とするものであったが、当時の文壇を騒然とさせるのに十分な話題作であったことに間違いない。

前出の短篇集『スケッチ・ブック』は、アメリカにおいて一八一九年から二〇年にかけて七つの分冊という形態で発表された。ちなみに、本書に収録された「クリスマス」、「ステージコーチ」、「クリスマス・イヴ」、「クリスマス・デイ」、そして「クリスマス・ディナー」の五編は、一八二〇年の一月一日に五冊目の分冊本として発表されている。すでに執筆活動の本拠をヨーロッパに置く決意をしたアーヴィングが逗留地のイギリスでの刊行を後にしたことには、次のような理由が考えられる。そのひとつはナポレオン戦争に疲弊した当時のイギリスの国情である。経済的にどん底にあったイギリス社会は貧民に満たされ、まさに世情騒然たる状況下だった。その惨状については、アーヴィング自身が故郷に書き送ったいくつかの書簡からも十分に察せられる。このような社会情勢下での出版に危惧の念を抱いたとしても不思議ではない。第二の理由として考えられるのは、かねてより長兄ウィリアムから海軍省への就職を勧められていたアーヴィングが、その拒絶の理由を確かな事実をもって証明する機会となったことであろう。このような経緯によって、『スケッチ・ブック』の第一の分冊である「著者自身を語る」、「航海」、「ロスコウ」、「妻」、および「リップ・ヴァン・ウィンクル」は、一八一九年六月二十三日にニューヨークのC・S・ウィンクルの下で発表されて、二千部が印刷された。この分冊本が出版されるや否や、たちまちのうちに好評を博しニューヨークの読書界を席捲したのである。

『スケッチ・ブック』に対する批評家および読者の反応だが、それは全般的に言えば極めて好意的なものであった。アーヴィングの兄エビニーザーとともにアメリカにおける第一分冊の出版に奔走した友人のヘンリー・ブルヴォートは、一八一九年九月九日付のアーヴィングに宛てた手紙で、「君の作品が正しく優雅な文章を書こうと志す者にとっての手本であると同時に、アメリカ文学の誇りであることは広く一致した意見である」と述べ、さらに『ニューヨーク・イブニング・ポスト』紙（*New York Evening Post*）、

『アナレクティック・マガジン』誌（*Analectic Magazine*）、『ノースアメリカン・レビュー』誌（*The North American Review*）などに記載された書評を送って激励している。ちなみに、『ニューヨーク・イブニング・ポスト』誌には、次のように述べられている。「この新しい作品は、ワシントン・アーヴィング氏の優雅で生彩あふれる筆によるものである。そのスタイルの優美さ、深い思いやりのある豊かな温かい調子、明るい会心《かいしん》のユーモアの放縦《ほうじゅう》に脈打つ流れ、繊細で鋭い視察眼。これらすべてが美しさと魅力を増し、『スケッチ・ブック』のなかで新しい姿となって展開されている」。

イギリスにおける『スケッチ・ブック』の出版に関しては、アーヴィングがその二年前の一八一七年の夏に、エディンバラへの旅行の際にアボッツフォード邸を訪問して知遇を得た文豪ウォルター・スコットの多大な尽力があったと言われている。アーヴィングの伝記批評家ジョアンナ・ジョンストンによれば、イギリスの批評家のなかには「『スケッチ・ブック』には特別に目新しいものはなく、オリバー・ゴールドスミスやウィリアム・クーパーなどによって、すでによく知られている田舎の民話の古いモデルを踏襲したに過ぎない」と批判したものもあったが、大抵は以下のように好意的な調子であった。たとえば、イギリスの桂冠詩人として君臨したロバート・サウジイは「アーヴィングは極めて楽しい作家であり、どんな読者の心でもつかむような感情と気質で書く」と賞讃し、また政治哲学者で文壇にも隠然たる勢力をもっていたウィリアム・ゴドウィンは短篇小説「イギリスの田園生活」を題材に取り上げ、「書かれていることは、確かにすべて真実であり、また読んでいると、これまで誰も語ったことがないものに遭遇して大変興味深い」と述べて、アーヴィング文学の斬新でユニークな要素を認めている。

このように『スケッチ・ブック』によって、アーヴィングはアメリカ人作家としての不動の地歩を確立するとともに、イギリスの文学界においても自己の存在を示す明確な第一歩を刻んだのである。

本書を訳出するにあたっては *Old Christmas* (New York: Sleepy Hollow Restoration) を底本としたが、この版には世界的な名声を誇るイラストレーターであるランドルフ・コールデコット (Randolph Caldecott, 1846-1886) の思わず唸《うな》る秀逸優美な挿絵が豊富に掲載されており、洗練された文学性と滑稽性をしなやかに放つこの物語に独特な奥行きと豊かな色彩を与えている。このように、文豪アーヴィングと名匠コールデコットの鮮《あざ》やかで躍動的な個性が見事に相互に補完し高めあうことにより、この本に新たな生命の息吹《いぶき》を吹き込み、この作家をめぐるもうひとつの魅力的な文学世界を創り上げることに成功したのである。だからこそ時代の嗜好《しこう》に阿《おもね》ることなく、長年にわたり根強い人気を誇る世界的な名著となったクリスマス本であり得たのである。これはおそらく一致した衆評であろう。

コールデコットは、『ジャックが建てた家』(*The House that Jack Built*, 1878)や『ジョン・ギルピンの滑稽な出来事』(*The Diverting History of John Gilpin*, 1878)などの代表作を持つ絵本作家界の巨匠として知られ、ユーモアや諷刺をちりばめながら美しいイギリスの田園風景を織り交ぜながら軽快なタッチの画風を極め尽くした本格派イラストレーターである。こうした独創的な画風と切り離せないのは、その艶《つや》やかで柔らかな絵肌の質感であろう。かくして、本書の特徴と価値は、紛れもなくコールデコットの高い芸術的な特性と馥郁《ふくいく》たる香りを放つアーヴィング文学との小気味よい協働の妙味にある。

ところで、コールデコットが挿絵を担当したアーヴィング作品は二点あるが、そのひとつが本書の『昔なつかしいクリスマス』で、もうひとつは短篇集『スケッチ・ブック』の続篇として反響を呼んだ傑作『ブレイスブリッジ邸』(*Bracebridge Hall*,1832)のなかから二十九篇を厳選して編んだコールデコット版（*Bracebridge Hall*, illustrated by R.Caldecott, Macmillan & Co.,1877）である。あえて屋上屋を架すが、アーヴィングとコールデコットという二人の巨匠の魅力を反映して二冊とも大好評を博したことは周知の事実である。ニューヨークに設置されたワシントン・アーヴィング学会（The Washington Irving Society, Tarrytown, New York）初代会長、アンドリュー・B・マイヤーズ氏（フォーダム大学教授）が、この二つの版を「一冊の値段で二冊分が楽しめる本」と感慨深く評したゆえんである。

本書は拙訳書『スケッチ・ブック（下）』(岩波文庫）に収録された「クリスマス」、「駅馬車」、「クリスマス・イヴ」、「クリスマス・デイ」、そして「クリスマス・ディナー」の五編の物語に若干の加筆・修正を施したものである。なお、その訳出にあたっては原著の文意を損《そこ》なうことなく適切な訳語を充てることは当然のことだが、読者への読みやすさを考慮し、言葉を適宜補うなどして文脈の流れに配慮した次第である。
最後になってしまったが、本書の刊行にあたっては三元社の石田俊二氏に訳稿を託し、細かい配慮のもと丁寧に面倒をみていただいた。あらためて、その格別のご厚情に深く感謝申し上げる次第である。

二〇一六年十一月

齊藤　昇

訳　注

1 ゴシック建築は十二世紀中期に北部フランスで発祥し、精神性と構造美が絶妙に調和した建築様式を特徴とする。パリのノートルダム大聖堂は、その頃の美しい建築手法を今に伝えている。この様式は、やがてイギリス南部を中心に伝播して数々のゴシック寺院が誕生する。ちなみに、イギリスの代表的なゴシック建築としては、カンタベリー大聖堂、ウェストミンスター寺院、ソールズベリ大聖堂などが挙げられる。

2 待降節は、キリストの降誕を待ち望むクリスマスまでの四週間を指す。

3 中世のイギリスにおけるマナーハウス（荘園風の邸宅）は貴族、ナイト爵、有閑紳士の階級に属する人士たちの豪邸である。

4 サー・ジョン・フォルスタッフ（Sir John Falstaff）は、シェイクスピアの『ヘンリー四世』と『ウィンザーの陽気な女房たち』に登場する陽気で大酒飲みの老騎士である。この描写は、『ヘンリー四世』第二部第四幕三場においてシェリー酒の効用をめぐるフォルスタッフのエスプリの効いた演説の場面である。

5 これは「ウェイツ」と呼ばれるクリスマスの聖歌隊が、家から家へとクリスマス・キャロルを斉唱しながら行進する習慣である。

6 この描写は、『ヨブ記』の第三十三章第十五節から引用したものである。ちなみに原文では“In a dream, in a vision of the night, when deep sleep falleth upon men, in slumberings upon the bed;”と表現されている。

7 これはジョン・ミルトンの代表作『コウマ

ス――ラドロウ城の仮面劇』（*Comus, A Mask Presented at Ludlow Castle*, 1634）からの引用詩句。原文では次のように描写されている。

"Count the night-watches to his feathery dames,
'T would be some solace yet, some little cheering
In this close dungeon of innumerous boughs."

8 これはシェイクスピアの『ハムレット』第一幕第一場でのマーセラスの台詞。次はその原文である。

"It faded on the crowing of the cock.
Some say that ever 'gainst that season comes
Wherein our Saviour's birth is celebrated,
The bird of dawning singeth all night long:
And then, they say, no spirit dares stir abroad;
The nights are wholesome; then no planets strike,
No fairy takes, nor witch hath power to charm,
So hallow'd and so gracious is the time."

9 ブケパロスとは、アレクサンドロス三世（アレクサンダー大王）の愛馬の名。人を食うという伝説でも有名な馬である。

10 キュクロープス（サイクロプス）は、ギリシア神話に登場する優れた鍛冶技術を持った単眼の巨人である。したがって、本文では卓越した鍛冶工匠の意味。

11 スモークジャックとは、暖炉の薪で火を焚いて串刺しになった肉を回転させながら炙り焼くための装置。

12 『プア・ロビンの暦』（"Poor Robin's Almanack"）は、一六六三年にはじまり一七七六年に最終号となった風刺的な要素の強い暦で、イギリスの詩人ロバート・ヘリック（Robert Herrick, 1591～1674）は、当初からこれに参画していたと言われている。

13 本書の語り手であるジョフリー・クレヨンが訪れるブレイスブリッジ邸は、イギリスのバーミンガムに現存する荘園風のアストン邸（Aston

Hall）をモデルにしたものである。この邸宅は一六三五年に建設され、初代の領主はトマス・ホルト男爵（Sir Thomas Holte, 1571～1654）であった。ちなみに、アーヴィングがイギリス逗留中に訪れたときは、エイブラハム・ブレイスブリッジが領主であった。本書に登場する地主の「ブレイスブリッジ」という名の由来でもある。

14 キリスト教圏内において、「聖フランシス」と「聖ベネディクト」は、いずれも特定の職業や地域などを保護する守護聖人として知られる。

15 フィリップ・チェスターフィールド（Philip Dormer Stanhope, 4th Earl of Chesterfield, 1694～1773）は、イギリスの文人・政治家。彼の代表作『息子への手紙』（*Letters to his Son*, 1774）は広く知られた名品である。

16 イギリスの著名な教育論者ロジャー・アスカム（Roger Ascham, ca. 1515～1568）の名著『校長論』（*The Scholemaster*, 1570）には、スパルタ教育を拒否したヘンリー・ピッチャムの教育論が記されている。本書の原注に付されたHenry Peacham's *Compleat Gentleman* (1622) には、次のような記述が認められる。"In the time of our late Queene *Elizabeth*, which was truly a golden Age (for such a world of refined wits, and excellent spirits it produced, whose like are hardly to be hoped for, in any succeeding Age) above others, eho honoured Poesie with their pennes and practice (to omit her Maiesite, who had a singular gift herein) were *Edward* Earle of *Oxford*, the Lord *Buckhurst*, *Henly* Lord *Paget*, our *Phoenix*, the noble Sir *Philip Sidney*, M. *Edward Dyer*, M *Edmund Spencer*, M. *Samuel Daniel*, with sundry others; whom (together with those admirable wits, yet liuing, and so well knowne) not out of Ennuie but to auoid tediousnesse, I overpasse. Thus much of Poetrie."

17 これはシェイクスピアの『リア王』第三幕第六場から引用。『リア王』の原文は"The little dogs and all,/ Tray, Blanch, and Sweet-heart-see, they bark at me"と綴られている。

18 清教徒革命によって亡命の身にあったチャールズは、復位のためのブレダ宣言を提示すると、これが暫定議会に受諾された。これによって王政復古を成し遂げた彼は一六六〇年五月にチャールズ二世として即位したのである。彼は「衣服改革」を宣言するなど、常に当時の社交界をリードしたことでも知られる。

19 これは降誕祭から公現祭の十二日間を指す。これに関わる伝承童謡「クリスマスの十二日」("Twelve Days of Christmas", 1780)は、「積み上げ唄」(積み重ね唄)として有名である。

20 これはクリスマス・イヴに「ユールログ」(yule-log)と呼ばれる大きな薪を家に運び入れ、それを暖炉で燃やして豊饒を祈る儀式。フランス語で「ビュッシュ・ド・ノエル」という名の薪の形をしたクリスマス・ケーキでもお馴染み。本書の原注には詩人ロバート・ヘリックによる「ユールログ」の歌が次のように記されている。"Come, bring with a noise/ My merrie, merrie boyes,/ The Christmas log to the firing:/ While my good dame, she/ Bids ye all be free,/ And drink to your hearts' desiring."

21 原注では「ヤドリギ(mistletoe)はクリスマスの時期になると、今でも農家や厨房に吊るされている。若い男性は、その下で女性に接吻する権利を有する。その度に木の実をひとつ摘む。その実がすべてなくなると、この権利は消失する」と述べられている。

22 ミンスパイ(mince pie)は、イギリスのクリスマスには欠かせない伝統的なお菓子。形状はキリストの揺りかごを表していると言われる。当初は細かく刻んだミンスミートと呼ばれるひき肉やスパイスなどをタルト生地のなかに詰めたパイであった。

23 マスター・サイモンは機知に富んだ独身男で、地主から絶大な信頼を得ている執事として描かれている。この人物はアーヴィングが一八一七年にウォルター・スコット（Sir Walter Scott, 1771〜1832）をアボッツフォード邸に訪ねた折に、知己となったスコット邸の執事ジョニー・バウアーと思われる。それに関わる事情は拙訳書『ウォルター・スコット邸訪問記』（岩波文庫）に詳しい。

24 これはクリスマス・モルドワイン（Christmas Mulled Wine）とも呼ばれ、赤ワインにシナモンスティックなどのスパイスを加え温めて飲む。

25 この歌はイギリスの詩人ウィリアム・ウィンスタンリー（William Winstanley, ca. 1628〜1698）の『クロムウェルの惨状からクリスマスの祝祭を守った男』（*The Man Who Saved Christmas from Cromwell's Misery*）から引用したものである。彼のクリスマスに関わる発想は後のチャールズ・ディケンズ（Charles Dickens, 1812〜1870）の『クリスマス・キャロル』（*A Christmas Carol*, 1843）などの作品にも影響を与えたと言われている。

26 リゴドン（Rigaudon）とは、十七世紀のフランスのプロヴァンス地方に発祥の起源をもち、四分の二拍子、あるいは四分の四拍子のテンポで踊る伝統的な宮廷舞曲である。

27 ワーテルローの戦い（またはウォータールーの戦い）は、一八一五年六月十八日にブリュッセル南東のワーテルロー附近において、イギリス・オランダ連合軍とプロセイン軍がナポレオン軍を破った戦いである。これがナポレオン最後の戦いとなったことでも知られる。

28 トルバドゥール（Troubadour）とは、中世ヨーロッパで流行した貴族の吟遊詩人や音楽家の

こと。ちなみに、女性の場合はトロバイリッツ（Troubairitz）と呼ばれていた。

29 ロバート・ヘリック（Robert Herrick, 1591～1674）は、イギリスの風物を背景にした抒情詩を得意としたイギリスの詩人・聖職者。イギリスの著名な作曲家レノックス・バークリー（Lennox Berkeley, 1903～1989）の作品は、ヘリックの詩想の影響が大きいと言われている。

30 ダマスク織りとは、柔らかく滑らかで光沢のある生地に美しい模様を施した織物のことをいう。

31 イギリスにはクリスマス・イヴになると、子供たちが近隣の家々に立ち寄ってはクリスマス・キャロルを歌う「キャロリング」（"caroling"）という習慣がある。

32 アンソニー・フィッツハーバート卿（Sir Anthony Fitzherbert, 1470～1538）は、イギリスの法律家・文人。主に法律書の類を多く残している。

33 ジャーバス・マーカム（Gervase (or Jervis) Markham, ca. 1568～1637）は、『最愛の人の涙（*The Tears of the Beloved*, 1600）などの代表作をもつイギリスの詩人・作家。

34 トマス・コケイン（Sir Thomas Cockayne, bap. 1809～1873）は、イギリス中部の州ダービシャー出身の世界的に有名な狩猟家である。

35 アイザック・ウォルトン（Izaak Walton, ca. 1593～1683）は、釣りに関する書物で一世を風靡したイギリスの作家。本文にも登場している『釣魚大全』（*The Complete Angler*, 1653）は、その代表作として広く知られている。

36 トマス・タサ（Thomas Tusser, 1524～1580）は、イートン校からケンブリッジ大学に進んだ著名な詩人であるが、とりわけ農業に関わるユニークな詩が有名である。

37 イギリスではウィリアム・キャクストン

（William Caxton, ca. 1415〜1492）によって初めて印刷機が持ち込まれ、印刷業がはじまった。彼はトマス・マロリー（Sir Thomas Malory, 1399〜1471）の『アーサー王伝説と高貴な円卓騎士の書』（*The Hoole Booke of Kyng Arthur & of His Noble Knyghtes of the Rounde Table*）を一四八五年に「アーサー王の死」（"Le Morte Darthur"）と題して出版したことでも知られる。キャクストンの後継者として活躍したのがウィンキン・ド・ウォード（Wynkyn de Worde, ?〜1534）である。十五世紀末から十六世紀初頭にかけてイギリスの印刷術は、この二人の匠の技術によって大きな発展を遂げた。

38 ドルイド教（Druidism）は、自然信仰を主体とした古代ケルト民族の原始宗教で、森林との密接な関係を維持しながら生贄を捧げる儀式が行なわれていたことでも知られる。

39 これはヴィオラ・ダ・ガンバとも呼ばれ、十六世紀頃にスペインで誕生した擦弦楽器である。教会や宮廷における室内楽として愛好された。

40 クレモナ・ヴァイオリンはイタリア北西部クレモナで、アマティ家をはじめとして十六世紀から十八世紀にかけてアントニオ・ストラディバリなどの職人によって製作された優秀な性能をもつヴァイオリンである。

41 ここではイギリスのピューリタン革命によりクリスマスの祝祭行事が一時途絶えたことを意味している。

42 これは一六三三年にピューリタン系の弁護士で作家のウィリアム・プリン（William Prynne, 1600〜1669）が、当時のクリスマスの祝祭を商業的な性格を帯びたものであると痛烈に批判したことを意味しているのかもしれない。

43 これは葦などを筏《いかだ》のような形に組んだ管楽器である。

44 ジグ（Jig）は、アイルランドを起源とする八分の六拍子あるいは八分の九拍子の舞曲である。

45 ジョージ・ウィザー（George Wither, 1588～1667）は、『ウィザーのモットー』（*Wither's Motto*, 1621）などの作品で知られるイギリスの詩人で、本文で引用されている『クリスマス・キャロル』は一六二二年の作品である。

46 サー・ジョン・サックリング（Sir John Suckling, 1609～1642）は、『ゴブリンズ』（*The Goblins*, 1638, prt. 1646）などの代表作を持つイギリスの詩人。また『婚礼のバラッド』（*A Ballad Upon A Wedding*）といった祝婚歌を書く詩人としても名高い。

47 ベルシャザル（Belshazzar）は、新バビロニアの王であったナボニドゥス（Nabonidus）の息子で、贅を極めた祝宴を催すことで有名な王であった。ちなみに、彼はレンブラントの宗教画の代表作である『ベルシャザルの酒宴』（*Belshazzar's Feast*, 1635）にも描かれており、この模様は旧約聖書の「ダニエル書」第五章に記されている。

48 ハンス・ホルバイン（Hans Holbein, 1497～1543）は、ドイツのルネサンス期の画家である。とりわけトマス・モア、エラスムスなどの肖像画が有名である。晩年期には、ヘンリー八世の宮廷画家としても名を馳せた。

49 アルブレヒト・ディーラー（Albrecht Dürer, 1471～1528）は、ドイツのルネサンス期における画家で木版画家の巨匠。木版画だけでも三〇〇点以上を残したと言われ、ドイツ美術史上最も偉大な画家である。

50 ノルマン征服とは、一〇六六年にノルマンディ公のウィリアム（フランス語ではギヨーム：Guillaume）がヘイスティングの戦いで勝利してイギリスを征服したこと。

51 ヘンリー八世（Henry VIII, 1491〜1547）は、テューダー朝のイングランド王で、文武に秀でた才人であった。この時代にイギリス国教会が確立されている。

52 猪や豚の口にオレンジ、レモン、林檎などを詰めた料理が「猪の頭のキャロル」（"The Boar's Head Carol"）の斉唱の響くなか、広間に運ばれて晩餐がはじまる。本文にも記述されているが、すでにオックスフォード大学クイーンズ・カレッジのホールでの「猪の頭のキャロル」斉唱の儀式は有名であったようだ。

53 ワッセルの大杯（Wassail Bowl）とは、クリスマスなどの祝宴で供されるナツメグなどのスパイスを利かせたワイン、もしくは強いエール入りの大きな深鉢状のボールのことである。

54 ジョー・ミラー（Joe Miller, 1684〜1738）は、ロンドンで活躍した喜劇俳優で、その代表作には死後に出版された『ジョー・ミラーの笑話集』（*Joe Miller's Jests*, 1739）などがある。

55 イギリスの仮面劇は、祝祭的行事の宮廷仮面劇として発展した。

56 ピルエット（Pirouette）とは、バレエなどで片足の爪先を軸にして身体を回転させること。

著訳者紹介

ワシントン・アーヴィング［Washington Irving］

ワシントン・アーヴィング（1783〜1859）はニューヨーク出身で、国際的な名声を得たアメリカ最初の作家である。彼は文壇デビュー作となった『ニューヨーク史』においてユーモアや軽妙な諷刺で才気を発揮した後、1819年〜20年にかけて伝説の名作「リップ・ヴァン・ウィンクル」や「スリーピー・ホローの伝説」などの短編小説やエッセイが収録された『スケッチ・ブック』を刊行した。また、イスラム文化への傾倒を遺憾なく示した力作『アルハンブラ物語』や『グラナダの征服』などに代表される歴史文学の分野でも意欲的に執筆活動を展開した。17年に及ぶヨーロッパ滞在生活を終えて、アメリカに帰還後は自らの西部旅行の体験記とも言うべき紀行文学『大草原の旅』や豊富な史料に基づく西部開拓史『アストリア』を発表し、晩年には念願としていた畢生の作『ジョージ・ワシントンの生涯』を完成させている。

齊藤　昇［さいとう・のぼる］

立正大学文学部教授（文学博士）。専門領域は19世紀アメリカ文学を中心とした文化批評と伝記的批評。主な著書に『ワシントン・アーヴィングとその時代』（本の友社）、『「最後の一葉」はこうして生まれた――O・ヘンリーの知られざる生涯』（角川書店）、『ユーモア・ウィット・ペーソス――短編小説の名手O・ヘンリー』（NHK出版）など。主な訳書には『わが旧牧師館への小径』（平凡社ライブラリー）、『ウォルター・スコット邸訪問記』（岩波文庫）、『ブレイスブリッジ邸』（岩波文庫）、『スケッチ・ブック（上）・（下）』（岩波文庫）などがある。

昔なつかしいクリスマス

発行日
2016年12月1日　初版第1刷

著者
ワシントン・アーヴィング

挿絵
ランドルフ・コールデコット

訳者
齊藤　昇

発行所
株式会社 三元社

〒113-0033　東京都文京区本郷 1-28-36 鳳明ビル
電話 03-5803-4155　ファックス 03-5803-4156

印刷・製本
モリモト印刷株式会社

ISBN978-4-88303-414-7
http://www.sangensha.co.jp